妳說是妳對獻觀難
可妳卻像太甚了。
遇上了感卻堅了坐的信備和妳無
許多事情不是忘記
只是沒去想亿
說好比給情。

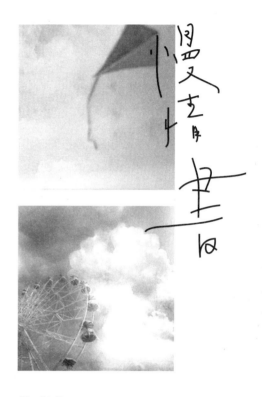

林達陽——著

名人推薦

再過一次二十出頭的青春，透過達陽的《慢情書》。

——1976阿凱（1976樂團主唱、海邊的卡夫卡店主）

林達陽的文字乾淨剔透，為這個時代留存了優雅的抒情。他筆下的感情世界，體現了溫柔的極致，彷彿若有光。

——凌性傑（建中教師、詩人、作家）

達陽的情書如青春慢板，追憶之歌，聽風午後。這讓我想起年輕時讀愛倫坡的詩，好像我們青春時活著只為了完成「兩情相許」這件事，只為了輕撫愛的本身，曾「為了愛去糾正世界」。花費一生僅有的青春資糧才得以送達的情書，何其「慢」，何其漫長，何其豪賒！這就是達陽，這就是你我青春裡也曾有過的執拗。

——鍾文音（散文家、小說家）

《慢情書》的記述提醒了我，以為已經忘記的那些事情，原來只是我沒去想而已。

——黃玠（音樂創作人、929樂團吉他手）

戀愛是豐富生命的養分，而思念是戀愛無限延續的動力。因為思念，一切畫面美得像落日黃昏，縱然輕觸不到，卻能深刻感受氣味與溫度；也像音符自音箱緩慢流出，無形卻深刻。

《慢情書》是這樣一本書，戀人絮語的字句道盡每一位戀愛中人底心的渴望，其中包含期待，失落，勇敢與怯懦，無疑是人性最實在的縮影。

要告別青澀步入人生的現實談何容易？在紛擾的俗世中如何讓心中原始的悸動延續？《慢情書》提供了一份想像，讓人憶起一份初衷、一份對愛的執著，即使讀來隱隱作痛，你仍能察覺，自己原來是這般真實的活著。

——溫昇豪（知名藝人、《敗犬女王》《一八九五》演出）

目錄

遲來的情書

遲來的情書

那時就要成為秋天的兵。

許多事情我已經漸漸淡忘了。但我還記得,那時真心覺得愛情的離去才是完美、留下來反而是耗損和折磨的絕望心情。那段日子裡,無一事不與妳相關。離開學生生涯、等待入伍之前的長長假期,我漫漫走過異地的鄉野田間、海岸沙灘、起伏的丘陵地、難以理解的大城小鎮等等,寫下一封又一封永遠不會寄出的簡訊與明信片。雖然分隔日久,離妳越遠,但那些陌生的人與事物,反而讓我更接近妳以及愛情。

如今回想,我認為這是離別送給我們最好的禮物了。在旅程之中,我漸漸變得健康、強壯,漸漸失去自己,更了解妳,也更了解自己與愛的本意。當初我們全心保護、計較在乎的,到底都是些什麼呢?我們其實從不明白逝去的日子裡到底都對自己做了什麼。旅程結束後的夏天末尾,我回到南

方的老家，室外艷陽高照，彷彿一切都可以燃燒，我卻時常選擇躲進戲院或自己的房間，一部又一部的看著電影，《藍色大門》，《海角七號》，《囧男孩》，《練習曲》，藏匿於充滿喻意的黑暗，旁觀他人以莫名的偏執與青春情熱，摸索幸福之光的種種可能，最終長大，完成，失去，只能在心裡暗自留下最重要的東西。後來入伍的綠色時光裡，每每遭遇挫折而感到幻滅，我時而想起這些以及盛夏旅路上的種種風景，似假還真，打心底覺得，成長真是毫無道理，覺得世界充滿距離，除了妳，覺得成長好像不是我們所以為的那樣容易。

　　成功嶺上的新訓時期，利用紀律生活中零星的自用時間，我日日寫下輯二「秋天的兵」裡的二十封信。而後下了單位服役，繼續回想謄寫（當然可能也多少改寫了）那些在入伍前夕旅途中所遭遇的、孤單心事的斷片，依時間順序編

排為輯一，即「旅行的意義」裡一百三十封短信與簡訊。如信中所寫的，意義仍在，我已離席，若這時再去附會寫時情狀，多少都要失真，只能說那時寫字真是感到疲累，痛苦，時而陷入荒謬，非常摧折人心，但也大概是第一次，真切感覺到存在何謂。

日子倏忽過去，很快秋天又將來臨了。二十七歲，我從一種身分退伍，加入更形漫長的另一種；離開一種情緒的牽絆，再為另一種情緒所困。告別從來就不是最難的，決定永不放棄才是。如《海角七號》片頭，低沉男聲的旁白所問，「妳還站在那裡等我嗎？」我心裡始終惦記著那時的妳，秋天彷彿從來不曾過去，時移事往，我好像仍是秋天的兵。

除了某種對學生時期的交代和告別之外，這仍是一本對愛情致歉與致謝的集子。定名為《慢情書》，是因為這些

文字最初的確都是心有所寄、但為時已晚的書信。如今我們的關係已與過往大不相同，幸福快樂的生活，確實在不知何在的遠方照看著我和妳，既然如此，我們也別再耽溺於美好的往日吧。或許終有一天──或許就從此時此刻開始，我們都能真心感謝那些高高在上支配著一切的命運，離開孤身出列時的難堪與失望、重新隱身於平凡生活的行伍內，學習安靜，學習相信，學習不再爭執。

　　這是我選在這時出版這些文字的意義。我們最終都要長大成人，同意愛情裡平淡的幸福，和妳，確實遠比虛擬而熱切的夢或理型重要。這或許有一點悲傷，但沒有人能夠否認，我們心裡其實也都明白：我們終於選擇對自己誠實，且深愛彼此，如果不能重來，那麼，這就已經是最美好、最美好的事。

輯一

旅行的意義

剛經過夏天

「S，剛經過夏天時我們常走的那條路，靠海的路。隔著堤防，還沒見到海，先聽到浪花的聲音。不曾消失的浪花的聲音。我在路的盡頭停下車，面對一人高的堤防，忽然覺得沒有必要再過去了，也不記得為什麼單獨來到這裡。我不是為著排遣時間。我想告訴妳，但不知該不該告訴妳。這是我們的海，面海的時候，我只是一個疲倦的人而已。」

站在天空下

「S，一無所有的人站在天空下。雖不應該，我對一切仍無比留戀。沒什麼是與妳無關的。港邊有人兜售著氣球，胖胖的，但不是熱情的紅色，在軟弱海風裡晃動著。我沒買下氣球，氣球不是從我手中飛走的，但有什麼已慢慢失去了。陽光裡海浪一次次撲上碼頭，又一次次退怯。就這樣吧，請暫且原諒我毫無預警的離開。請妳永遠不要原諒。逃避也是出發。」

獨自在郊區

「S，獨自在郊區看見滿天星星，光和夢想其實已經離我這麼遠了，黑暗卻仍迫得這麼近。星空之下，我很窮，凡妳要的，我都沒有。如果還有什麼，或許只是想說的話吧。我總是有話對妳說。但我馬上就要前往市中心的鬧區了，灰色而屬於眾人的夜裡溢滿異國的樂音，有些話，我已經不能說明。」

雕像已經裂了

　　「S，發現廣場上的雕像已經裂了。所有人都覺得那麼完美的石像，黃昏裡遠遠看不出來，靠近一些，才發現已經布滿裂痕。但它沒有碎掉，還是好看而且充滿生命力的，還是一動也不動站在風裡，好像毫不懷疑。我想我也是這樣的。我希望我是這樣。我想，那或許是因為妳的關係。」

道上積滿落葉

「S，道上積滿落葉，我還有路要趕。現正暫停在鄉間大片的天空下，天氣很好，風在吹，落葉輕輕翻動，我想打電話給妳好為妳唱首歌。但妳也這樣想吧？這實在太難為情了。陽光下，一切微微發熱，世界布滿落葉，時間無所不在。寫著那麼多給妳的字句，偶而也猶豫的刪刪改改，我躲進字裡，偶而懷疑，但是我沒有逃避。」

舊房子之間的

「S，走進舊房子之間的陌生小路，但像是早已來過，想找回丟失的什麼似的。兩旁屋內的人我都不認識，生活也是，不論過去現在，或是未來。我沿著牆走，感覺走了很久，拿著手機不知該打給誰。只好就傳訊跟妳說，我也不希望妳現在就能了解。對不起妳上次回的簡訊我還沒看，在手機的光照裡，像是酒的泡沫。我搖晃著酒瓶，但是不敢打開。」

環湖前進著

「S，今日環湖前進著，幾乎耗去整個上午，但就只是緣著湖走，不知道到底算不算是前進。休息時，我一次次向湖的對岸發出給妳的簡訊，湖面布滿了波紋，看不清水中的風景。妳收到那些訊息了嗎？打這封簡訊時，我刻意離開了旅人慣走的小徑，靠近水邊。湖上此時映著的，只有我在水紋裡輕輕晃動的倒影。」

離開山區

「S，寒流夜裡懷著心事離開山區，剛過隧道，可能是因為明暗反差，從後照鏡望去隧道入口竟漆黑一片，前方的出口也是，格外讓人孤獨。隧道內溫度較外頭稍高，有限而黑暗的溫暖，讓我以為妳仍在我身邊。那時雖已知道大概不是，但我仍好幾次拿出手機來看，以為是妳傳來了簡訊但都只是車行震動的錯覺。路在群山間，我其實離妳越來越遠。」

現在時刻不對

「s，現在時刻不對，廣場上的噴水池沒有湧出噴泉，只是一潭安靜而平淺的水，水光閃爍，美極了，像是深淵。我傾身觀看，不知如何是好。我手上的筆和相機毫無用處。妳知道我的意思嗎？記得那些我靜靜看妳卻不發一語的時候嗎？正午時候人車稀少的廣場，不存在的噴泉，以那麼多美好吸引了我，我卻不得不制止自己再更靠近。」

往下走

「s，我順著彎曲的河流往下走。想起那天深夜與妳走在河邊，芒花已經全開了，白茫茫的讓堤上的我們看不到河面。深夜裡的白芒花，美麗而矛盾，但不是錯誤。有時我不快樂，有時是妳，我們常為了彼此作伴而彼此隱瞞。我們真的看重彼此，勝過誠實？現在我順著河走，河水絮絮發出聲音，彎曲向前，不知所終。因想念妳而迷惘的時候，我能做的也僅止於此。」

植有林木

「S，道旁植有林木，伸展著軟薄而好看的葉子。好看
卻難以形容。我想妳大概不會喜歡這些葉子，妳總害怕被認
為柔弱。但妳真是像極了它們，而非撐持它們的樹枝。妳敏
感，愛哭，但妳其實不是脆弱而易折損的。堅定卻常常受傷
的始終是我。慢下腳步，抬頭看見光透過綠葉，變得清楚而
溫和，照著我。什麼是真正的堅強和真正的溫柔？」

晨早便出發

「S，晨早便出發了，發亮的公路通向不可知的遠方，消失在光的深處。路是不是會一直延伸下去呢？我在陽光裡攤開地圖，找路，但地圖上的是我自己漆黑的身影，細小的路徑在日子與影子間變得模糊。想起昨天夜裡做了夢，夢中我們來到分別的岔路口。妳知道的，我是決不忍先轉身放手的那種人，但當真來到不得不然的路口，我卻深怕妳也不是。」

深夜裡下起大雨

「S，深夜裡下起大雨。我披著外套坐在屋簷下，無處可去。氣溫降得比預期更低，所有可以辨識的音樂、風景，都被瘋狂的雨聲掩蓋著了。但我好像在那之外仍聽見了什麼，非常細微，但是清楚。像是妳突然低聲跟我說了幾個字那樣。就算是一個不可解的祕密，或不重要的瑣事，妳說了，我就仔細聽。」

濱海公路這裡

「S，濱海公路這裡天氣大晴。沿著海灣向前，我漫漫想著妳那時看海的側臉，好像微微在笑，又好像沒有。大概是太累了，更近海處的白色大風車矗立在艷陽下，靜止不轉，美得幾乎只是我的幻覺。」

長長的階梯

「S，前方的下坡路搭建了長長的階梯。天空一片陰霾，是因憂慮而顯得美麗的黃昏。我默默走著，沒多久就來到露臺邊緣。我想跟妳說說這一切妳看不到的景色，但我不打給妳了，就站在階梯頂端一字字按著簡訊。這樣會慢些，我可以在這裡停留久一點。妳還未見過這些風景，我也不願先獨自走下階梯。」

女孩放著風箏

「S，在青草地上看見一個女孩放著風箏。是因為有著那些透明，若有似無的牽掛，風箏才不得不飛在那麼遙遠的天空裡吧？午後的風持續吹著，但是不強。女孩還繼續放著線，那美麗顏色的風箏越來越遠，漸漸失去可以辨識的形狀。世界終將接管它的去向。但那都不要緊了，我記得妳的樣子，不論在哪，我會記得那樣遙遠的原因。」

來到廣場中央

　　「S，我來到廣場中央，但已經晚了。冬日裡的遊行已經結束，滿地都是學生運動的白色傳單，上頭印的大概都是些熱情的字句吧，我沒有去看。也可能是不敢去看。剛剛踢著碎石，不小心驚起整群灰白相間的鴿子，他們在空中急急轉彎，加入剛好飛過的其他同類，離開我。那瞬間我突然感到非常悲傷。我背轉過身，抱著胸久久站在這裡。此刻妳會在哪裡？」

沉在水底

　　「S，天是陰的，沉在水底一樣的早晨。我漫漫走在路上，往前走著，卻沒有太明確為了什麼而前往哪裡的自覺。我知道我傷害過妳，雖然是善意的，雖然妳甚至沒有察覺。我也被傷害過。抬頭看見雲塊糾結著像是水面的波浪，陽光透過稍稍裂開的天空，照著別的地方。對不起，是我的錯。」

乾旱期的河邊

　　「s，在乾旱期的河邊看見一間彩色洋房，風格看上去是有些舊了，但房外的草坪已被整理過所以沒什麼問題，一支樂隊正演唱著簡單的老歌。那歌妳應該會喜歡的。我停下來，隔著鐵柵靜靜的聽。我沒來過這裡，也沒聽過這歌，歌聲也不是最好的，但唱歌的人充滿希望，這些就都沒有關係。真可惜，妳應該要在這裡的。但是沒有關係。」

晒著窗前的盆花

「S，陽光晒著窗前的盆花，美好嫻靜，小小的安居，近乎古典。我在那窗戶前徘徊許久，胡亂想著，等著。但遲遲沒人從內拉開那窗。牆上附著葛藤一類的植物，柔軟的觸手隨風輕輕碰著窗緣。我繼續看著那窗，沒去打開它，讓它和我自己都保持生活裡平穩的秩序，雖然心裡多少是衝動的，失落的。美好的窗，許多情事，我怎麼能都告訴妳呢？」

中秋時節並不適合

「s，中秋時節並不適合旅人上路。市街哄鬧著，我卻什麼都聽不到。都被消音了。路旁有賣糕餅的店家，溫暖的香味在空氣中浮動，像是陽光醱酵產生的。我能想像妳吃著月餅的樣子，喜歡甜的內餡多過鹹的，邊吃邊說話，抱怨幸福總要令人發胖，餅屑細細落了滿桌。妳會喜歡這一切的我相信。妳或許不曾想及圓滿的月，可我難免為妳記著那些細瑣的光影。」

雷雨已近尾聲

　　「S，午後的雷雨已近尾聲，我的鞋還溼著。雷雨來得毫無警訊，以致現在雨勢已慢下來甚至就要停了，我發呆看著的，卻好像仍是雨前大晴的風光。已不存在的美好才真能給我悲傷的餘地。風雨繼續後退，雲層瓦解，慢慢露出藍天來。但一切都已不同了。我有太多的餘地，只是曾經弄濕了鞋，都不同了。我想到的仍關於妳，但卻不再是妳了。」

附近的電話亭

「s，車站附近的電話亭吸引了我的注意。街道下著雨，人行往來，各色衣物此時看去卻似乎全是黑的。電話亭在對街，我沒有過去。那些排著隊打電話給妳的經驗大多太過強烈。但此時電話亭空無一人，沒人使用那些更艱難的方式來傳達愛與善意了嗎？不知道，不說了，傳訊只是想提醒妳，下過雨，感覺會更冷。怕妳忘了，妳對自己總是不夠經心。」

氣象預報

　　「s，我正在街旁的櫥窗外看著氣象預報。說是鋒面要來，又會更冷。妳怕冷，但妳好像總是不太服氣。妳是像光一樣思想著的女孩子。我想到妳喜歡米勒的畫作，春天的美，近乎暈眩的溫暖與心情，甚至超過我全部能夠看見的。畫上也遠遠畫了將及未及的雷雨，像是冷酷的預言，但妳一定不理會這些的。我也不理會。妳是像光一樣溫暖的女孩子。」

每次湧起的海浪

「s，我已不能記得每次湧起的海浪了，每一次落日，不能記得妳所碰觸過的每個細節。關於黃昏的海我記得更多，但無法逐一指認。我們來過這裡太多次了。剛在沙灘上花許久時間，想找一枚夕陽色的貝殼，是想給妳的，妳不能馬上看到，拿到，但終究是給妳的。天就要暗了，如果妳在這裡，我會先送妳回去。既然妳不在，我為什麼急著離開？」

路肩

　　「S，走在與車爭道的路肩，窘迫又危險，卻也同時覺得低調，安全。那時我們曾比肩走在空曠的濱海公園，廣場之外仍是可親的草地，後頭是面海的風車造景。沒什麼能限制我們，但那時我們也靠得那麼近，像無別處可去。剛有兩個路人經過，正在交談，其中一個讓開身，對我禮貌的微笑著。我點頭。錯身而過時聽到另一個剛好說著：就像是夢。」

餐館裡的音響

「s，餐館裡的音響放著爵士樂，雖然窗邊分明有一架開著琴蓋的鋼琴。陽光照在琴鍵上，給人溫暖的感覺，但無人起身去彈響它。我不會彈琴，妳也不會。記得當初說到這事時妳有點發窘，我也覺得可惜。妳有很好看的手指呢，雖然妳的手總是冷的。我輕敲著木製的桌面，篤篤作響，妳聽不到，但我還是想為妳發出一些比較溫暖的聲音。」

翻閱舊報

　　「S，午夜搭車時翻閱舊報，讀到一篇短文，關於旅行至某一陌生小鎮觀星的遭遇。讀完往窗外看，車已經不知開到哪了，就在路口的站牌停下，我只好下了車，覺得受傷，抬頭看著星空，那些遠道而來的光與願望。當光離開，星星也覺得受傷嗎？想起那時與妳要過馬路，我很自然的牽了妳的手，但當我們安全走過路口，手卻不得不放開。」

在寒風中表演

　　「S，賣藝的人在寒風中表演，引來路人圍觀，面對肢體與聲音的火光，我們同在一種更大的溫暖裡。記得那次看街頭表演時妳指著地上攤開的琴盒，回頭問我，是可以給他錢的意思嗎？妳將所有零錢都倒了進去，妳不是視錢為無物的人。聽著銅板落下的聲音，我和表演者都理解的笑了。那已是許久以前的事，我想，我就是那時完全傾心於妳的。」

不該刻意告訴妳

「S，也許不該刻意告訴妳，但我剛剛看到流星了。來
不及許願，最重要的願望不過就是與妳一起看到流星。但那
太取巧了。一分神間流星便已經消失。我要怎麼對黑夜挽留
其中短暫而至永恆的部份呢？想起從前在天文館時妳仔細閱
讀著流星解說牌的樣子，慢慢的，那麼捨不得讀完的樣子。
我或許也正這樣望著什麼都沒有的夜空？我捨不得妳的樣
子。」

有一種氣味在風裡

「S，沿河走著時聞到有一種氣味在風裡。某種介於草葉與花卉之間的氣味。不香，有點刺鼻，但不令人反感，讓人警醒又沉迷，讓人不安。該怎麼形容呢？越深刻的氣味越是難以描述，其中總是附會了其他什麼，季節，情緒，人事物，時間，以致容易辨別但不能逼視指認。那氣味讓我不安，安於不安。那氣氛讓我不願逃避，比如說，我和妳。」

海邊高地

「S，又來到那座海邊高地上的公園。荒廢的公園。我們與旁人一起來過這裡，妳記得吧那段不容易的上坡路，同行的人遠遠落在後頭，包括妳。現在剩我獨自回到這裡。記得吧崖邊易翻越的矮欄杆，我們坐在上頭看海，發呆，沒什麼能阻擋我們的想法，或感覺。那是夏天。妳該記得，是我輕忽了，現在才想越過什麼對妳說話。但已經是秋天。」

已經無法可想

　　「s，已經無法可想。來到島嶼的最南端，再過去沒有路了。只有永恆的海和多變的波浪。在妳眼中我是令妳安心但難以捉摸的人嗎？我能逗妳開心，做狡猾卻善良的魔術師，但我不是真的善變。我的心意是確實的。我繼續向前，走上沙灘，想留下我的腳印，想以樹枝寫下字句，以卵石排出圖形，給妳。但等等就要漲潮了，我怎麼告訴妳。」

走得太遠

「S，這路走得太遠了，迢迢長路，我已開始害怕走完的那天。我很久沒與妳聯絡，除了傷與疲倦，以及一些幻想，沒有值得一提的事情：我經過一些平凡的地方，與記不得的人相遇，為最通俗的流行歌感動，想要掉淚，想抱緊妳來確定我自己，卻也得逼迫自己堅強起來不要認輸。我的水壺已有了裂痕，漏著水。面對妳，我已經不再特別。」

那場地震並不是夢

「S，午後那場地震並不是夢。那時我剛走進路旁的咖啡座，找好一個面徒步區而坐的位置，就輕輕搖晃起來了。其他旅人也多少都露出驚慌的神情，但只是輕微的地震，若逃走太尷尬了。只聽到冰塊在每個人的水杯中彼此碰撞，發出聲響。那時藉著笑鬧我們碰觸彼此的肢體，妳感覺到什麼呢？輕微的地震不會帶來災情，但不是夢。那些動搖，妳也感覺到了嗎？」

車班來晚了

「S，車班來晚了，許多人改搭接駁巴士離開，車站空蕩蕩的，好像來晚的其實是我一樣。想起夏天時每每約好了見面，妳睡過頭，在電話中為自己的遲到撒嬌大笑著。這裡我起了身正跑步過街，那裡妳也許打點好了剛剛出門，我們身旁的鳥雀同時受了驚嚇，慌張的飛在空中，成為同一群，重新降落在廣場上。我想見妳，惟妳不是我的想像。」

塔臺

「S，廣播塔臺立在山的稜線上。傍晚了，雲壓得很低，塔臺的一部分甚至已經沒入雲霧裡了，看不到塔頂警示的紅燈。妳真的收得到這些簡訊嗎？我擔心妳。妳真的知道我的心情嗎？不要回電話給我，我很好，我不是真的要妳回答。」

不熟悉的方言

　　「S，這裡的人都說著我不熟悉的方言，但那並不困擾我。除了少數狀況，大多時候還是能揣測，或以我們都了解的語言溝通，雖然有些奇怪。剛剛逛的那家藝品店有著琉璃材質的窗子，從內往外看，景物都變得抽象，陌生。為了不失去美我是願意扭曲自己的，為了妳，我也願意。記得從前我想聽妳用外語說話的事嗎？我在乎妳，那不單純是因為好奇。」

前往下一個小鎮

　　「s，就要搭上前往下一個小鎮的夜車，聽說那裡治安
糟透了。真怕會碰上偷盜搶劫之類的事，我不能再失去與妳
相關的東西。剛抄小路趕車，衣服被林投刮破了，褲腳沾
滿了鬼針草。牽絆也可能帶來傷害，或許妳沉默的時候，
我不該總是安慰妳太多？抱緊裝滿雜物的行李，我很累，卻
不敢睡。繼續向前，刺眼的頭燈照著我。我只是希望妳好好
的。」

垂釣的人

「S，看到垂釣的人坐在黃昏海邊，小聲的喃喃自語，彷彿話其實是說在心裡的。沿海岸旅行時，水鳥滿天盤旋，總給我方向不明的感覺。那些來不及成為語言的曖昧感覺也還在心裡，我們都是垂釣的人。妳已找到生活的方向了嗎？無雲的天空裡，夕陽的光線慢慢散開，轉暗，水鳥都已找到可以降落的陸地了嗎？水鳥好像已經消失。」

往兒童樂園的路上

　　「S，往兒童樂園的路上畫有地圖，不像是我們已知的任一種。是憑空想像出來的吧？我低頭看了好久才做下結論，有些失落。因為妳，我的遠行已經超出計畫，理性，安全，沉迷於探索一切陌生風景，乃至時間。我在做什麼？妳的美好不是可解的概念。我只希望有個誰或什麼，願意像陽光穿過葉隙那樣說破，告訴我：此行只是懷疑，即使你相信。」

林間看見松鼠

　　「S，在市郊的林間看見松鼠，體型較我所想像的小，沿著交錯的樹枝，跑過一棵又一棵衰老的大樹。一切發生得太快，甚至來不及看清它的樣子，但不知為什麼已能全部記得。還是可惜了。蹲在原地轉開裝著水的酒瓶，我又變成小孩。溫柔的野性，也許那就是我們目前的關係？一直都是存在的，那隻快速消失於枝枒間的松鼠。但已經來不及。」

遠遠的練習

「S，一對男女遠遠的練習傳接球，在河邊的棒球場。也不算是練習吧，大概只是打發時間，輕輕扔著球，即使接漏了兩人還是快樂的笑著。真好。我停下來，看見腳邊的草叢裡另有一顆球，縫線已經綻開。要很用力才能把球擲到這裡吧？這麼遠，不知道是誰丟的。我單手按著簡訊，空出一隻手去撿球。妳懂我的心意嗎？我想把它扔回去。」

對我說了什麼

「S，以為妳傳訊來對我說了什麼，但其實沒有。事實是剛在無人小站的候車室內靠牆睡著了，醒來發現只是午間一夢，陽光照著莫名激動的我，小貓還睡在鄰近人家牆頭上。什麼是真的？從前我總找藉口自說，睡眠是不自由的人抵抗時間的方式，但我明明已經逃脫了啊。已經選擇遺忘。我只能在夢裡收到妳的簡訊，雖然已無法記得內容。」

遇見喪禮的黑車

「S，在街上遇見喪禮的黑車，正停下，車旁站著許多穿黑衣的人。介於陰晴之間的天空像一把大傘，沒有人交談，由黑色代替他們敘述。也沒有人去拉開車門，不知道裡面的人是不是已經下車了。怎麼會這樣呢？總是這樣的。我繞過它們，陌生的人，陌生的解釋，想要流淚但不想回頭。在還無法下定決心的時候說出話語，是我自己提前放棄一切。」

收拾衣物

「s，離開旅館時收拾衣物，在某件許久沒穿的外套上發現一根長髮，是妳的。妳是比較不愛梳理頭髮的女孩子，頂多夾了髮夾，黑而柔軟的髮就散在肩頸上。我想起我們去過的溪谷，一起注視過一隻停在水邊的蜻蜓，傍晚柔軟的溪水不間歇地流著，蜻蜓彷彿是會永遠停留在水上的。我拿著衣服，想起妳發呆的樣子。於我而言，這已是最溫暖的事。」

路燈曾照著我們

「s，那海豚造型的路燈曾照著我們。烈日下，路燈立在不見盡頭的縣道上，路旁就是海。但有點舊了，燈罩泛黃，造型不是設計得太好的海豚則帶著一點意外的拙趣。我們深愛這些，但我們都是過客而已。海風在吹，我覺得口渴，看著已經暗了的路燈，想像它怎麼在夜中發光，像妳碰觸我。我何其幸運，曾這麼接近那些終不屬於我的幸福。」

下著飄忽的細雨

「s，下著飄忽的細雨，衣服很快溼了，像妳抱著我。但我很慢才察覺。那夜看完電影，騎車送妳回去時也下著雨，妳躲在後頭，很開心。問會冷嗎？妳不說話只是搖頭。我怎麼看得到妳搖頭呢？等紅燈時反手握了妳的手，不冷。妳伸出手指越過我，擦了擦後照鏡說這樣看得到嗎？不算擦吧，胡亂畫了幾下。像幾個日文字。那是我後來才察覺的事。」

田間小路上的站牌

　　「S，那班車剛剛經過田間小路上的站牌，但我還想在這裡多待一會，便沒有上車。無風的正午時分，晴朗的秋季，車子過站走了，揚起灰塵在陽光裡，那麼多，那麼細，那麼輕。我不知如何是好，我有太多不能告訴妳的祕密了。站在剛收成後的旱田間，很久，看著亮恍恍的灰塵在空氣中茫然移動，美得令人懷疑。我知道我想妳，只是我很猶豫。」

小樹長高了

「S，穿越公園時發現小樹長高了。颱風幾年不來，那年新植的小樹已經成林，夾雜著燦黃光點的樹蔭落在我的墨綠色外衣上，溫柔的暴風雨。妳是暴風雨前的平靜或是平靜之前的風雨呢？我們曾經擁抱，給彼此患得患失的光與黑暗，妳曾經披著我的外套與我走在風雨裡。如今樹木都已長高，還會繼續，給我溫暖與傷痛。我們都會離開這裡。」

向路人問路

「S，剛向路人問路。那是個好看的女孩，也迷路了，講不出個所以然。我們在路旁攤開同一張地圖，研究不同的去向，我分了水和餅乾給她，她給我笑容與祝福。妳會介意嗎？此行畢竟是為妳，就像幼時玩的紙上迷宮啊，似近實遠，我以為妳是我的終點，但妳只是畫筆。怎樣的凶險會在途中等著我呢？妳在哪裡感到灰心？或許都不重要了。我已不在妳的計劃裡。」

站在虎鯨的模型前

　　「S，與妳站在虎鯨的巨大模型前，已經是好久以前的
事了。那年在海生館，我們隨著人潮去看館內豢養的水族，
去看館外遼闊的海。但沒有鯨豚真在陽光下浮出水面。也許
是在海的深處？那時妳曾迷惘，但我們沒有承認。我太確定
自己的心意，太在乎那些我無法壓抑的感情了。我太在意妳
了。海面平靜得像是什麼都已經過去。對不起，我始終沒有
回答妳的問題。」

帶妳去過的舊林場

「s，這已不是我帶妳去過的舊林場了，朝霞中滿山喬木顯然已經堅強起來，新的日子正展開。但那時還是陰天，我們遠離眾人，在山間找到這裡，日式的木造建築群靜靜立著，有些改建過，有些仍在維修。沒有什麼廢棄了，沒有人被遺忘，畢竟我和妳在一起。那是令我慚愧的陰天。妳惦記著我們的其他朋友會如何喜歡這裡。我卻只想著妳。」

河畔的電影院

「S，河畔的電影院仍在那裡。我沿河遠遠經過，生活在波紋裡湧動著，變成水沫。哪裡才是妳我的上游呢？妳曾抱怨往來兩地之間每每讓妳時間感大亂，像夢一般。但不就是夢嗎？世界是一部慢慢變舊的電影。我們多次經過這裡卻沒一起進去過，最後一次路過時妳穿著花色活潑的外衣，不太適合，妳是單純的，太多顏色會讓我分心。讓我失去自己。」

終於在前方展開

「S，平原終於在前方展開。風更強，迫得我隱隱頭痛起來，才想起傳訊給妳，提醒妳照顧身體。坦白說我能做的實在太少了，但我真的希望妳健康，幸福，跟我有沒有關係並不重要。坦白得近乎空洞的天空下，原野上遠遠近近開滿了不能指名的野花。我想給妳的那麼多。我什麼也沒有。」

走在縱谷之底

「S，我走在縱谷之底，天色陰沉，隨時可能下雨，巨大的高壓電塔在右側較高的山脈上，沿山勢牽拉電線，與我平行，遠遠前進。某種不可見的能量引導著我。我會去到哪裡呢？我心裡不可遏抑的想著妳。危險的思念逼我遠行，天空布滿閃電，與其由著陰鬱路樹掩蔽我，我寧願行走於空曠的平原。沿著山勢走在安全無虞的谷底，我還能去到哪裡？」

下坡路

「s，下坡路旁的林木已黃去大半，秋日將盡，車過彎時滿山樹葉響著，像悲傷的風鈴，像妳戴過的那條項鍊，細細黃銅鍊子掛著日常的飾物。記得一次鍊上的小銅圈鬆開了，妳懸著鍊子，我捧起那幾個墜飾，在我們之間努力要將銅圈併回原貌。我喜歡那幾個墜子，上面該要有妳的名字的。正想著，看到路旁的警示牌，上面寫了，小心落石。」

地圖未標示的

　　「S，來到地圖未標示的叉路口。嶄新的路牌立在無人鄉間，上頭寫著我不曾聽說的地名。時間替我作出選擇，有什麼不可知的風景就要與我錯開了？我想起自己也曾隔著人群，遠遠看妳與其他朋友說話，嘴脣動著，但聽不見妳說了什麼。那就是妳我以後的距離嗎？我想我會繼續久久望著妳。田野裡已收成的稻桿輕輕的燒著，一直到變成灰燼。」

已是荒野的一部份

　　「S，我已是荒野的一部份。往日太真實了。記得那次在博物館，妳沒戴眼鏡，要我唸展示窗內的說明文字給妳聽。美而冷僻的象形字，陌生的讀音困擾著妳和我，像某種不能確認的感情。我已失去所有我不計較的意義了。展館裡燈光柔和，我看不清妳的表情。我始終看不清。只記得我說了幾句玩笑話吧，關於那些古文明。我要妳一直快樂下去。」

那樹黃葉太茂密了

「S，那樹黃葉太茂密了，遠遠看去竟像滿樹黃花。秋天之前我也在別處看過這樣的黃色路樹，不知名的小型樂團在樹下表演，我們擠在人群間聽他們演唱，不知道為什麼，好寂寞。也許妳也寂寞，也許不是為我。那滿樹黃葉始終都在，即使我遠遠離開，重新靠近，但那樹彷彿是不曾落下任一片葉子的。秋黃的每片葉子，藏在彼此相仿的顏色裡。」

荒地中遇上暴雨

「S，剛在無處可避的荒地中遇上暴雨。時候已經太晚了，我不得不在大雨中奔跑起來，自覺被透明的雨點擊潰。其實沒必要跑的，妳已不在身邊，不在我身後或眼前。瘋狂的大雨下得近乎寒冷，近乎熱情，近乎愛，神祕。我大可停留，我也沒有理由停留。只好盡了全力拼命跑吧，不知道在追著或逃避什麼。我不敢想妳，我不能將自己拋棄。」

眼裡都是依戀

　　「S，那大狗的眼裡都是依戀，一路陪著我，或許餓了，但也不出聲討食，只搖尾巴跟著。我們沿河一直走，蘆葦在晴日的風中搖晃，給我海浪的錯覺，給我想望和失望，繞過河曲，來到橋前。橋早在那裡了。我站在河邊，不知何時該過河離開。橋前的樹已開滿了花，我希望妳跟我走，也明白沒有辦法。花真的美，但這是花開花謝的事情。」

陽光裡我感到寒冷

　　「S，陽光裡我感到寒冷。美麗的風景與舊畫一樣，有了輕輕裂痕。我仔細看過妳的手，掌紋淺淺的，妳的皮膚太乾燥，稍稍一點紋路都令我掛心。妳總笑說沒事呀，是我多慮。我確實不放心。陽光能照亮我，但不能保護我不受傷害。陽光都是謊言，但我不能讓妳知道，只好努力讓這些牽掛看來合乎情理，像是因容易記得而剛好想起的。留意保暖，記得加衣。」

雲有許多形狀

「S，今天的雲有許多形狀。旅途上有太多可以附會聯想的了，即使我只是一個平凡的旅人。除了那片雲。天空這麼大，為什麼就有一朵雲什麼都不像，引人注目卻難以形容呢？妳知道的，我總想替一切找到解釋，讓所在意的皆有命名。除了妳。一路上我患得患失的記著妳的電話號碼，不在手機中查詢妳的名字。雲在那裡，妳是我的特例。」

彷彿是積雪

「S，那白色的鹽山彷彿是積雪。天氣回暖，晒鹽場上舖著製好的海鹽。但聽說工廠已經廢棄了。只剩下這些雪白的鹽，由時光之海，堆積成思念的山。漫漫旅程之中，我終究只是波浪而已，不是水或鹽，我的每次湧動與消沉都已消失在妳心裡。妳呢？也許是浪的反光。我已許久不曾在妳面前落淚，悲傷的鹽山為何留在這裡？我已經很久沒有與妳見面。」

還一起在山谷裡

「S，秋天時我們還一起在山谷裡看到那群黑山羊，現在已是下著雨的冬季。不知道山谷現在怎麼了。就中學所習的印象，那裡的冬季多半是旱季吧？但我知道這季節山谷是常下雨的。我比妳了解那個山谷，地形路徑，天候，草木與鳥獸，但我不知道我是不是比妳愛著那一切。我在乎妳，黑山羊就那樣出現在山谷裡。但我不確定妳在乎什麼多一些。」

新規劃的住宅區

「s，車站外是新規劃的住宅區，新簇而好看的別墅沿街立著，但還未有住戶入住。幸福的人都到哪去了？我走過一面面落地窗，覺得內心空空的。幾乎比深夜更黑暗的房內怎都沒人呢？我想起鬼魅的故事，因思念而生的惡與善行。我願相信幽靈，為了妳我仍能穿牆越壁而去。剛急忙在陌生的車站下了車，可能也是因為想念。我害怕真的失去妳。」

冬日的鬧區

「S，冬日的鬧區擠滿了人。時尚的路人，美麗的頭銜，說話時吐出白煙。我是不戴帽子的，也不抽菸。我常為妳那些美好的念頭著迷，但妳究竟想著什麼？我只記得妳討厭菸味。我們與外人有太多不同了，我們會是同一種人嗎？公車像老電影那樣在煙霧中慢慢發動，駛離，車上傳來女子細小的哭聲，引起我的注意。人太多了，我怕那就是妳。」

不能更細瑣的冬雨

「S，天空飄著不能更細瑣的冬雨，細得幾乎不能察覺。
連續幾天都在廣場上看到那個瘋癲的老人，發狂的咆哮著：
你在哪裡？那麼絕望的叫喊。但是無人在意，路人們木著臉
繼續走路，沒有人停留，甚至沒人走避。想到那時我也曾為
了懸而未決的我們站在午夜的街心放聲痛哭，悲傷得像是完
全沒有。像是從來不曾為了什麼。妳卻從不知情。」

露天的戲臺

　　「S，工作人員正拆著露天的戲臺。燈光，音箱，都卸下了放在深冬的草坪上。風低低吹著，像小心的替什麼記著剛剛發生的一切。我們曾經一起去看戲，注視著臺上既熟悉又陌生的演員，我替妳披上外衣，知道妳掉了眼淚。散場時妳若無其事的問我有沒有哭呢？我空空洞洞不知說了什麼。如果我哭也不是因為戲。戲還演下去，都是因為妳。」

風信雞遠遠指著

「S，風信雞遠遠指著的不知道是怎樣的地方。天色漸晚，我站在旅館前，順著那個指向望過去，僅看到大片的天空。似曾相識的天色，好像什麼都沒有。但為什麼仍想到妳呢？可能是因為黃昏。我記得，我待妳就是那種黃昏的顏色。」

少年在樹上唱著歌

「S，那矮小的少年在樹上唱著歌，鬱綠的樹幾乎把他藏了起來，變成風裡的葉子，樹蔭的一部分。只留下歌聲。簡直像小說情節那樣啊，哀而不傷的歌聲輕輕的在黎明裡，毫無所求，像是霧氣，像是完全的寂靜。記得妳曾問我，難受時為什麼不哭出聲音來呢？為什麼不掉眼淚？其實我也掉過眼淚的，只是太少。有些事我希望妳永遠不要知道。」

山坳裡聚集著燈火

「S，下坡時看見山坳裡聚集著燈火。這幾日寒流過境，那些燈火靠得那麼近，像是彼此取暖的許多溫柔，因陪伴而成為同一種。記得夏季某日將破曉的時候，我們也曾在濱海坡頂上停下車，遠眺沿著海灣散落的燈火，斷斷續續的弧線，慢慢伸入遠方的霧中。我指給妳看，對妳說話，但沒提到我將獨自抵達那些。那時妳將頭靠著我的肩，很溫暖，我不敢多問。像是一盞燈暗自熄了，雖不情願，卻也不忍心吵醒妳。」

被斑蝶包圍

　　「S，在溪谷裡被數不清的斑蝶包圍。白色，或是黃色的尋常斑蝶，那些魂魄一樣的美，脆弱的執念，迫近我，擊潰我，使我心神動搖不能稍移，我卻毫髮無傷。這些是不是也與妳相關？弦器音樂一樣的，手寫字一樣的斑蝶群撲飛著，像是心悸。或許，我已完全屬於這裡。」

冬至

「S，這年冬至算是暖和的，但賣湯圓小攤的生意仍與往年一樣好。節令只是幸福的小名。顧攤的女孩身高與妳相仿，戴著毛帽，有跟妳相似的笑聲。我們沒有太多對話，關心，只是微笑以對。既不是妳，我也只能微笑以對。她將白色瓷碗盛著的紅豆湯遞給我，湯面冒著蒸氣。一切難時，愛就虛偽。但關於妳，我總是當真。愛只是我們的小名。」

下午與夜晚之間

　　「S，現在介於下午與夜晚之間。其實就是傍晚，然而那樣說太不明確了。選在這時進餐館非我所願，但沒有辦法，我畢竟仍在旅途上。廚師還沒來，好多餐點這時都不做的。我翻著侍者送上的菜單，遲遲無法決定，想到妳偏食，這些那些都不吃。繼而想到我也是。曖昧的陽光透過窗戶，照著我的背包，裡頭有寫給妳但未寄出的信。沒有照著我。」

聖誕前夕

　　「s，這是聖誕前夕，廣場周邊的路樹和商家掛起了燈飾，各種顏色，歡欣的音樂，小喇叭，砰砰作響的鼓，心跳的聲音。想著妳時我只知道自己身在哪裡，心在哪裡。那些美麗的燈泡，小小的光映著行人酡紅的臉頰，讓每個人心動，得救。除了我。妳不在，我也不需要任何人給我承諾了。我就要穿越廣場，溫暖的光線穿過我，沒有留下什麼。」

圖書館

「S，在圖書館裡翻到一本書，談古代文字。許多陌生的字與詞在穿窗而入的陽光裡淡淡發光，那些冷靜得近乎壓抑的熱情，彷彿還藏在舊書的氣味裡。不記得是為了什麼，我們曾經談過我的少作，妳說那些很難很難的字妳都看不懂，我笑，但我已經很久不用那些字了。那些美麗但難解的僻字，慢慢失落的感情。妳是我的最後一個僻字了。」

投籃

「S，那少年在球場上練習投籃，連著幾球都沒進，卻不氣餒，跑去撿了球回來，繼續試著。我看著他，彷彿能看見那球出手飛行的弧線。會不會投進呢？這曾是我們的話題。那時妳張著黑而美麗的眼睛聽我說話的樣子，是那麼讓人感傷，讓我的話有了重量，卻失去意義。但我從未告訴妳。為妳失去意義，我怕妳不能了解那是多麼美好的事情。」

新年快樂

　　「S，新年快樂。剛在人群裡看過跨年煙火，美則美矣，生命裡的花火不知道是被點燃了，還是已經消逝。那是一樣的嗎？在人潮的推擠中高喊新年快樂的經驗還是美好得令人發熱。惟有瘋狂是真實的。我現在仍隨捷運車廂在地底搖晃著，好像醉了但應該沒有，只是話有點多。傳訊給妳只是想分享讓妳知道。希望妳快樂，希望我能是妳的快樂。」

徹夜未眠

「S，昨晚徹夜未眠，冬日清晨的候機室裡散坐著幾個穿大衣的人，看上去非常疲倦，寂寞。隔音玻璃外飛機默默起降著，天正慢慢亮起來。我站起身，隔著玻璃帷幕往外看，在心裡對自己說話。聲音越來越清楚，我明白自己說了什麼，然而眼前玻璃上自己的身影卻漸漸變得模糊。廣播催促著旅客登機，天慢慢亮起來。相信我好嗎？我想對妳說好多話。讓我相信妳好嗎？」

連日多雨

「s，連日多雨，行程延宕，讓我有了空暇去想從前以前。記得那年夏季暴雨不止，那是那時的我。只有少數時候雨勢才會緩和下來，微雨霏霏，淡淡的霧漫著在寒涼與溫暖之間。那是當妳對我說話的時候。」

風在保留地的山谷裡

「S，風在保留地的山谷裡響著。妳曾告訴我，每當我說話，妳就變得脆弱。那麼當我脆弱受傷的時候呢？乾燥的空氣碰觸著柔軟的傷口，那麼難過卻不能明說。原來我也有不能理解妳的時候。風聲響著在我心裡，我已經不能回想那山谷美好的細節了，我把那些留給妳。知道妳過得快樂就好了，不要與我聯絡。只是吹風嘿，別擔心，我不要緊。」

向小販買了當令的水果

「S，剛向小販買了當令的水果。看上去很好的果子擺在攤前，晒著陽光，彷彿仍在生長，內裡氣味祕密轉換著，繼續成熟。我身上錢剩得少，選擇不多，只揀了幾樣較罕見的。賣水果的老先生笑咪咪的，試著解釋那些水果的名稱與氣味，採收季節。我也笑著。水果慢慢熟成，在異地，在我這樣異鄉人的手裡。此時生活仍有甜美，比起我，我更在乎妳是誰。」

鞋帶斷了

　　「S，鞋帶斷了。只是普通的白色鞋帶，但那本來是雙好看的布鞋，記著許多故事，紅土操場的灰塵，未乾的塗料，植物汁酢，妳不小心踩下的腳印等等。但就是斷了。前些天走在偏僻小徑上，回想著關於妳的事，結果分了神踩進積水的泥地裡。那腳印那麼清楚，像是對我確認著所有心情一般。但我沒有告訴妳。我們都太懦弱了，腳印轉眼間就在濁水中失去痕跡。」

消磨我的思念

　　「S，本來以為旅行能夠消磨我的想念，或是加深，總之應該要相互改變進而確定一些什麼的，旅行之於思念，這樣對妳較好，對我或許也是。然而每當黃昏的時刻，抵達城鎮邊緣，我都仍能感覺到妳，同時也知道妳仍然不在這裡。如果閉上眼，停下腳步，黑夜就要來臨了。妳願意聽我解釋嗎？我真的不曾放棄。但旅行和思念是同一件事情。」

遊樂園好像變小了

「s，遊樂園好像變小了。不知是真的占地不大，還是荒廢了的關係。從前我們也曾經過另一規模相仿的主題樂園，關於電影，虛構的風景，以及其他什麼。我們該不會從未走進真實的場景吧？旋轉木馬，軌道車，摩天輪，小小的迷宮，這些到底有沒有運轉過？有沒有愛過？靜止的歡笑都生銹了，日子繞過一個大圈，我終於回到這裡。心中哼著同一首歌，妳卻已經不在原地。」

道旁植滿向日葵

「S，道旁植滿向日葵。我翻著文宣，上頭寫了向日葵
花期逾二週，溫暖南方四季能植，花語是仰慕，誠心。其他
還寫了些更富感情的，但強風快速翻著我手上的紙冊，我實
在無法趕上那樣的讀速。都來不及理解了，艷陽下的向日葵
花田，一望無際的真心和失望。我想我是誠心的，我想了解
妳。花語其實只是換個方式，晚了些說，我想告訴妳。」

原來我是依賴妳的

「S，原來我是依賴妳的。那隻流浪貓趴在我腿上，好像睡著了，讓人好不寂寞。是不是真睡著了呢？我是不是真能給妳安定的感覺？貓咪發出咕嚕咕嚕的聲音，變成一隻純白的鴿子，像是妳抱怨或撒嬌時的樣子，也不盡然是溫馴的。我想我們應該在意自己更多一些，太為對方著想是我們從彼此那學來的壞習慣。妳應該多照顧自己的。」

失眠

「S，但願我能再失眠一晚。想起那時在擁擠的晚會人潮中我曾握緊妳的手，怕走散了，嘈雜人聲這時變作蟲鳴唧唧，我在其間不小心昏睡過去，作了夢，又從睡夢裡突然驚醒。我知道妳的手已經不在我手中。叢草間的小小蟲蚋可能也睡著了，四下靜極。窗戶開著，黑夜裡群山像是凌亂的被窩，雨小心下著，不忍驚醒那些沉睡著的。有什麼已經離開了。」

木吉他女孩

「S，在小小的村落裡碰到背著木吉他的女孩。天氣回暖，她從對街走過，踩著有節奏的腳步，馬尾晃動著，像是背著全部的美好，樂觀地賭著氣一樣，對我揮手。跟妳提過嗎我也學過樂器，雖然不太成氣候。但我已經不唱歌了。我笑著也揮了揮手。隨意哼幾句也不要了。我還沒聽過妳唱歌，妳有怎樣的歌聲呢？妳知不知道我曾為妳反覆練習過同一首歌呢？」

紫紅色的九重葛

「S，冬天的涼風吹著紫紅色的九重葛，滿牆鮮豔的色彩湧動著，那樣無可救藥樂觀之中的悲觀，我想妳永遠不會了解。怎麼讓妳了解呢？一路上，只是想著妳便足以讓我感覺溫暖，不與妳說也沒有關係。但並不是什麼真的滿足了我。大概像是一隻五色鳥因為自身的美好而獨自快樂著吧，安安靜靜，不飛不鳴的五色鳥。或是不快樂。」

漸漸回暖了

　　「S，天氣漸漸回暖了，路旁草木間綴著不同的顏色。春日斑斕而短暫的花色，伸手可及，但不能掌握。不可計數的春花，像是不同溫度的光與氣味吸引著我，保護著我，圍困著我。幾乎陷我於目盲的美麗的困局。想妳才讓我安心，但或許是訊號或是其他問題吧，我試了幾次，始終無法傳出簡訊給妳。」

溜冰場空無一人

　　「S，深夜的溜冰場空無一人。不是溜冰刀的那種，只是直排輪用的石板場地，但無人時候一樣冷清。記得嗎我們曾並肩坐在場邊，場內都是學齡前的小孩，有些真溜著直排輪，有些只是手舞足蹈滿場跑著，熱鬧極了。那時很吵，但我們離群坐得遠遠的，我能聽到妳小小聲的說妳快樂，好像哭了。地面上複雜的刮痕在路燈的反光中，那時不是這麼清楚的。」

下雨了才想起

　　「S，下雨了才想起雨褲的褲腳破了洞。是那次妳碰著排氣管時燙破的，那時妳認真道歉，但我打心裡不在意，笑說那更好，普普風嘛。那時我們身在人群裡，與他人毫無不同，天空鬱著永恆的臉，但雨和快樂那麼瑣碎，輕易，激起地上清澈的積水，水光閃爍，隨時都要消失。但現在我的鞋襪浸滿了水。離開妳，我為什麼還抵擋那些溫柔的風雨？」

野生竹林

「s，走在野生竹林裡，春日陽光穿過葉隙，暖暖的，樂觀地搖晃，照著新竹瘦小的竹節。那次小心檢視妳瘀血的指節時，妳還興奮地說要變成熊貓了，完全不疼似的。受壞人小心保育著的黑白分明的童話世界，像是我對妳。但尋常竹林裡哪會有這樣的事呢？我看見一條細細青蛇溫柔地穿過竹叢，彷彿傷痕。消失在……也許仍算是我們之間。」

飛魚季

「S，飛魚季在離島的海上展開。我坐在餐館吧檯，電視新聞正討論到那慶典對未成年族人的意義。飛魚，隨水漂流的島嶼，成長的喜悅，暈眩。我已經長大了嗎？那時與妳去離海更近的小書店，坐在陽光裡妳專心讀著童書，讓我也變回孩童。我偷偷看妳，胡思亂想，像是迎著海風晃動的含羞草。妳會抬起頭嗎？如果飛魚躍出海面，妳會不會發現？」

假日的教室空著

「S，假日的教室空著，只有風和日光。那學校如此尋常，幾乎讓我以為再早或晚些就能遇見妳。我是不是忽略了什麼事情？從前我曾認真陪伴另一個女孩，這我應該坦白，那時我還是學生，曾為了愛去糾正世界，曾在黑板上寫下美麗的字眼。但都已被擦去了。我不在意時間教過我什麼，意義仍在，即使我已離席。而妳，妳是我長長的假期。」

與妳同等溫柔

「S，那樣的橘黃色是與妳同等溫柔的，散發著香氣，我已不能挽留。黃昏裡的南瓜田以及田間熟成的南瓜，像被施以某種美好的魔法，那麼寧靜，真實，令人屏息但不被察知。有誰真的看見這一切了？妳喜歡魔術，喜歡那些仿擬的小把戲，妳是真心相信魔法的嗎？金色的陽光灑滿世界，動用所有詞彙也無法形容。那時妳是怎麼盈滿我心的呢？」

平凡無奇

「s，在睡夢中抵達某個平凡無奇的城市，也就醒過來了。清晨的街道上駛過灑掃的清潔水車，車後拖曳著黝黑但是乾淨的痕跡，單純，常見，一時卻難以消解。車痕較遠的部分已經消失在乳白的霧氣裡。那些完全消失的會是什麼？看著那些灰色而正漸漸淡出的，像是我對妳仍有真心的話，還未遺忘，但許多事也不應再說。」

遙遠的夜空中

「S，天燈在窗外遙遠的夜空中飛升，暖暖的橘紅色燈光，偶爾稍暗一些，但仍清晰可辨。也許是因為夜已很深。我是不是太早熄燈了？在黑暗中我又想起妳抱膝蹲坐著的樣子，平靜，可能有一點落寞。那時我並不願意在妳面前太過熱情，我不要光源在妳身後留下陰影。如真有必須燃燒的時候，比如此刻，就讓我離得遠些吧，只做妳的風景。」

多彎轉的山路

「s，多彎轉的山路令人暈眩，對美好的風景又生懷疑。我停下腳步，俯身隱約可以看見整個溪谷。這裡剛剛下過雨，山嵐瀰漫，春季的第一次洪汛很快就來，溪水忽忽漲過了河堤上畫著的警戒線。是什麼已經越過界線了？妳應該要來這裡看看的，這漫山遍野的霧，仍能看見寂寞無人的山徑，但看不清楚。妳該看看的，才知道我有多麼在乎。」

向陽的坡面上

「s，丘陵地向陽的坡面上，建了層層可愛的矮房。就是妳喜歡的那種樣子。晴天的日光照著那些上了白漆的牆，彷彿屋子本身也發著光。我是給過妳許多快樂與祝福的，像一個站在斜斜屋頂上的樂手。我曾以為我能給妳幸福，如果那就是幸福。」

迷宮一樣的日式廊廡

　　「S，在迷宮一樣的日式廊廡間走著，我不急著找到出路。是什麼使我耽溺這麼久，卻終究成為妳的過客與故人？木造的建物圍繞著深無一人的庭院，日照投入，屋簷之下更暗了，院中造景的白色碎石路也更顯得亮。其實我是知道妳會原諒我的，而至淡忘。但是樹影不安晃動著，能不能容許我再對妳說一次對不起呢？」

那種深深靛色

「S，面對黑夜完全占領天空之前的那種深深靛色，坐在明亮的夜車裡，我不能多說什麼。列車剛剛進了站，又已經重新開動了。已經重新開動而且行駛了很久很久。我想了許多事，但該告訴妳什麼？離開妳之後的每一個夜晚，深些或者淺顯一點，好像都沒有不同。」

原野的上空布滿閃電

「S，原野的上空布滿閃電，不時劈落下來，彷彿是……我還是不要使用太過激烈的修辭和比喻吧，我知道妳不喜歡。其實就算妳不介意，我也無法這樣待妳。天色陰鬱，我默默替妳祈禱，可惜不信無憑，不知誰能聽到。傳訊給妳也不過是希望讓妳明白，我其實不是那麼害怕，只是不能釋懷，為什麼那麼溫柔的雨水，要帶來美但可怖的厄運？」

停車場上熊熊燃燒著

「S，空曠的停車場上熊熊燃燒著營火，一對男女正好玩地撥弄木柴，像是暗中提醒著什麼不能挽留的事情，對自己，以某種比較激烈的情緒。走過火堆時，冷風混雜著熱氣，讓我幾乎以為妳就在身邊。那對坐在火旁取暖的情侶本來還彼此靠著輕聲說話，不知道為何回過頭，看著我。女孩笑起來很像妳，火光映在她臉上，像妳冷落我的時候。」

在波光裡搖晃

「S，水草在波光裡搖晃，彷彿生活的紋路，看不清楚。我在河邊坐下，注視著水面，才發覺自己零散，恍惚，雖不疲累，但也不確知一路上的波折都為著什麼。我能夠告訴妳什麼呢？春天的河靜靜流，什麼也沒有告訴我。我想我坐在這裡太久了，水溶溶的時光湧來，又嘩嘩流去，潔淨透明的河水裡有游魚，輕輕擺尾留在那裡。或許是我的心。」

大雨在屋外

「S，大雨在屋外下著，木屋頂傳來雨聲，好像是快樂的。屋內有人正彈著吉他，一首輕快的曲子，一再重複短促的切音悶音技巧，鈍鈍的，聽起來樂觀但是小心，珍惜。木屋裡外交響著這些聲音，像是一把更大的吉他，我們都躲在吉他的肚子裡，因彼此應和共鳴，而感震動。妳仍然躲在我心裡嗎？屋外大雨，我聽見自己嗡嗡響著。謝謝妳曾讓我對妳說話，讓我保護妳，了解妳。」

港口已經廢棄

「S，港口已經廢棄了，岸邊逗留著的都是像我這樣無關的人。海面上光芒閃爍，最聰明的言語一般，熾熱且充滿機鋒，但俯身碰觸，海水仍是冷的。我撥弄著水花，看不清水中的倒影，我想我並不是那個人，如果真有千帆過盡。剛在異地酒館的架上發現一本線裝的文言文古書，記著港口種種。內斂的字眼在書頁的海浪中搖晃，好像是愛情。」

穿過冷清的林道

「S，穿過冷清的林道，敗枝枯葉鋪滿地面，踩起來的聲音令人心悸，像是真有什麼碎了。風還吹著的時候，那張寫了半首情詩的字條就留在無人的樹林裡了。我記著那些字句，但始終沒有寫完。風已停歇下來，算是忘了還是有意棄置，也不好追究。我想像它慢慢腐壞，為草木吸收，也許成為一片真正的草葉，有真實可見的色彩。也許有一天真的掉落下來，只要我不去回想，或許，妳也不會發現……」

好久了

「S，我們的車行駛在這條路上好久了。路很長，沿著海，像是全無走盡的可能似的，除非轉彎，逃避。路旁小塊的卵石布滿海岸，溫和的橢圓形，適合握在手心裡。妳那時給我的是這樣簡單的關心。有些較小的石子零星散布到路面上來，我一路顛簸著前進，惦記著妳。很久了，我現在的心情彷彿仍在妳手裡。」

鐘樓上的時間

　　「S，鐘樓上的時間是正確的。那歐式鐘樓就立在大學老舊的牆邊，接近路口，學生們聚集其下，像是有意從時空中標出的座標。我曾就著自己的錶確認過鐘上的時間。這是多事了，天氣那麼好，沒有誰會因為不存在的約會而遲到。我只是想確認我們是否仍在同一個時區裡？我們不能在此相遇了，那鐘面上刻度標示的，是什麼與我的距離？」

深灰色的人群

「S，城市裡深灰色的人群簇擁著彼此，每個人都相同，彷彿每個人都是我。我是因為什麼而迷失自己的呢？一把淺色的傘嗎或是一頂鮮艷的帽子，或者，另一個人？我仍記得妳平凡的髮色與尋常髮型的模樣，黑髮半覆著額，底下是妳神祕的眼睛。在擁擠人潮裡只懷著一種心情是真需要勇氣的。這裡的天空也是陰的，記得許多次我在茫茫風景中牽緊了妳的手嗎？妳就是我的心情。」

是不是植在水田裡

「S，秧苗是不是都已經植在水田裡了？離得遠遠的，我不能看得很清楚，但節氣確實已經到了，甚至過了。田裡緒滿了水，水中應該映著無雲的天空。然而此時午後的陽光全面照著水田，什麼都看不清，只見得茫茫金光，眩目卻不刺眼，美而令人安心。我心裡想著妳。成為一個沉穩而無趣的人，我也願意。」

沒有名字的小村莊

「s，走過沒有名字的小村莊，晴空的陽光灑下來，像是
下起了雪，靜得讓人無法察覺一絲涼薄或溫暖。無人小路上
紛亂的灰塵散漫在空氣裡。我是居無定所太久了，我想我能
理解妳與我之間的一切情感，來龍去脈。但我所在的畢竟是
一個沒有名字的地方。這是怎麼回事呢？我竟覺得慶幸，窗
門森然，我最軟弱的時候，幸好妳不在場。」

什麼都沒發生的愚人節

　　「s，什麼都沒發生的愚人節清晨，好像就要過去了。建在丘陵地上的古老建物群一片靜默，肅穆，不見早起的行人，只有我無心踢著石子，沿著巷弄往下坡走，將那些舊房子留在身後。麥芽色的晨光灑下來，照著屋頂上灰黑斑駁的石棉瓦。有時我也想對妳撒個甜美的謊，不合常情的小小玩笑。但我不敢。想起那些妳在我懷中熟睡的時候，做了夢輕輕躁動著。什麼是真的？我怕我們都不知道。」

不起眼的街角

「S，那小孩坐在不起眼的街角，瞇著眼調整彈弓。對他來說，或許什麼都是無情的。我記得我也曾擁有一把玩具槍，傷過人，也曾受傷。記得那時陽光也是這樣晒著我，雖覺得痛，但死亡不是真的那麼靠近。如今我們都成為了怎樣的人呢？本來我以為自己是悲觀的，晴日漫無目的，不為誰調整偏差的熱情。直到遇見妳。我不知道，當我瞄準整片天空，該相信準星，還是自己的眼睛？」

繼續向前走

「S，我想繼續向前走，順著河岸或者不是，都沒關係。但我沒有。碼頭上只剩我一人，這仍是村人所說渡客的碼頭嗎？細微變化的水聲像是天候，像是某種淺淺的心情難以追及，流水緩緩向前，留下我的倒影。河邊的繩索沉入水中，不是繫著船，船已經離開。繩索與河水交接處散出圈圈波紋，消失在幾乎沒有的波浪裡。岸上繩索縛著的銅樽都鏽了。彷彿船也不會再回來了。」

玫瑰花開在花圃裡

　　「S，玫瑰花開在花圃裡，看上去似乎不只一株，但只剩下一朵。不知是開得晚了還是早了，這樣開在毫無殊異之處的小花園，而不是另一個星球上。不是唯一，只是開花的時刻不同。妳會失望嗎？風像狐狸尾巴一般掠過，留下淡淡金色的氣味，沒有人點醒誰什麼。妳會失望嗎？妳能想像嗎那麼多柔軟的葉子，那麼深的綠色，我卻不能與妳同時——哪怕只是經過……」

漂浮在空中

「S，我自覺像漂浮在空中的雨雲一樣寂寞。陰天午後，還沒有落下雨來，只有兩頂降落傘在遼闊而無害的天空中，緩緩飄落。大概是訓練傘兵的紅降落傘，但我不能確信。我離得太遠了，彷彿那兩頂降落傘其實才是黑白的，而微陰的天卻泛著寂寞的赭紅色。緩緩飄落下來，不知道是什麼。我還想著妳，我想一切終會有所著落。只是不知道是什麼時候。」

來自異國的漁人

　　「S，也許是來自異國的漁人吧，那陌生男子坐在開著天窗的小船屋裡，面向海，蜷著身子，遠看像是倦了小憩，走近一些才看見他手中緊握的鉛筆，和懷裡的小本子。是玩著數獨或字謎嗎？那麼專注，像在找尋世界的解釋。潮水慢慢漲上來了，碼頭邊浮動著破了的漁網。或者會不會正像我這樣寫著信呢？張開龜裂的手，想著全世界，然後握起。是不是也像我只為一個女孩著迷呢？」

走過防風林

「S，穿著素色襯衫走過防風林時，我真的覺得寂寞。防風林外是冬日的海。我是不是該對妳多說些什麼呢？但所有能夠描述的浪花，妳都已親眼見過。蓄滿雲塊的天空很低，岸上標示風向的鮮豔旗幟疲憊地垂掛著，海面靜靜的，沒有絲毫動盪。心意已決的時候，我無意也無力對世界還手。我們總是為了彼此心安而有所保留。對於海面底下完整的荒涼，我們總是承認得太少了。還有沒有河流呢？」

布滿細小的碎石礫

　　「S，海灘上布滿細小的碎石礫，我走在上頭，我曾經
非常非常在意妳。沿海植栽的木麻黃林立在不遠的小坡上，
風過時微微動著，保持警戒，或說是保持熱情？那時我是離
妳太近了，妳攤開手心在我的手掌中，我能看見妳青色的靜
脈，想像美麗的脈息。現在我離妳這樣遠了，看過遼闊的風
景，森林，而那些瑣碎的葉片呢？變成細細針葉挺立在憤怒
的海風裡。所有能夠近身傷人的，或許都曾受過遙遠的傷
害。」

懸滿了快樂的旗幟

「S，樓房上懸滿了快樂的旗幟。那晴朗得近乎空虛的天空呢？如果陽光不能照及地面，我將什麼都無法看見。鬧哄哄的市中心裡滿是聲音與色彩，飲酒唱歌的人，水霧，煙火，是在慶祝什麼樣的慶典呢？我也不知道。我對異地風俗了解得太少了，我不是那種能夠輕易愛恨的人。熱情的嘉年華隊伍經過我面前，花海一般美好，但我沒有陷入瘋狂。妳知道的，我曾那樣緊抱著妳，但對於自己，我也曾有過不切實際的定義。」

列車剛過隧道

「S，列車剛過隧道，收訊不好，不知簡訊傳出沒有，也不知妳哪時才收到，才會看到。現在車窗外已是無盡的海。妳曾說妳手機的時間常出錯，收了訊息也分不清故事何時發生。但反正鐵軌很長，我們經過那麼多地方，困狹或遼闊都是風景，順序不是最重要的。穿過深深冬天，只要列車靠岸的那一刻妳也溫暖的想到我，這樣就已足夠。」

下起了太陽雨

「s，我這裡也下起了太陽雨。妳還記得吧我們那時一起淋過的太陽雨，一起期待過彩虹。但是這次沒有彩虹了。我們還是不談過去的事吧，別想太多，我畢竟仍在這裡。妳那邊天氣好嗎？站在快樂而溫暖的陽光裡，我沒有重新想起妳。我無從想起，我一直沒有把妳忘記。」

一日將盡

「s，一日將盡，在黃昏的天空中看到遠方剛起飛的班機，拖著亮橘色的飛機雲，小小的，像星星一樣，正在轉彎。我喜歡那些仍有轉圜的星座運勢，與故事，好像給了我們悲傷，但其實是因為還有著幸福的渴望。生活大概都是這樣的。沒什麼特別的事，跟妳提起這些，是因為我也慢慢轉過了彎。去向雖已不同，我仍想知道那些與妳相關的事。」

我要回去了

「s，我要回去了。傍晚轉上南向的四線大道，回家的最後一段路了。路底地面與天空相接處，始終亮著一顆星。我太想念妳了，妳的眼睛。不要擔心，如果妳仍為我擔心。明天就到了。有什麼即將來臨呢？對妳而言，此刻的我是來自遠方的人，如果見面時無話可說，什麼能讓妳明白我仍真心在意？」

道路好像改建過了

「S，道路好像改建過了，連著幾個叉路，地圖上都沒畫出。地圖太舊了，或許一切都舊了。我在路口一次次與往日鬆手，已經忘記來路怎麼走了。但妳知道的，我曾那麼害怕我們彼此錯過。這是哪裡呢？錶壞了，太陽在天頂上，沒有誰能提示我何去何從，接連幾個彎路，我想我是完全迷失方向了。不斷想起寫給妳的字句，這代表著什麼呢？我仍在等待。我要到哪裡去呢？」

輯二

秋天的兵

溫柔的紀念

S，

　　徵集的列車已經駛離車站了，不知道一個月、一年——甚至更久以後，我將會怎麼記憶這些呢？北上往成功嶺的列車載著我更接近妳，卻也更遠離妳。我將會怎麼記憶妳呢？

　　方才車過臺南時仍下著大雨，直到過了嘉義，才收起雨點，轉為冷淡的陰天，偶而隱忍不住似的落下短暫的雨，天地有著涼薄的氣息。車在小站暫停等待會車時，窗外的國小操場上空蕩蕩的，漥處靜靜蓄著積水，像是一種溫柔的紀念。

　　真的是安靜的嗎？隔著厚厚的車窗我無法知悉，但我願意相信。真的只能紀念了嗎？我還無法相信。入伍前看《海角七號》，記得這樣的句子，「我不是放棄妳，我是捨不得

妳。」列車還會重新發動，行駛，還要繼續北上，不久就會抵達成功站了吧。我就要更接近妳了，卻也更遠離妳。列車緩緩北上，復興號的慢車，一站開過一站，車窗上貼著役男專車的字樣，總引來月臺上候車人群的目光。好奇中參雜著祝福、憐憫與不安的目光。Ｓ，離開時妳看著我的目光，我是記得的。離開妳時擁抱的感覺，我是記得的。

　　妳也記得我抱著哭泣的妳的感覺嗎？激烈的天候裡下著溫和的雨，悲傷的思念，「原本都有甜美的來歷」。

　　我不是放棄妳，我是捨不得妳。

一種生活

S，

　　天氣大晴，幾乎無風，營區裡滿是新訓的兵，卻幾無口令答數以外的聲息。

　　只有口令與答數的生活，已經開始了。行道兩側皆植草木，秋天彷彿還沒來，世界還沒對我們下達口令。我們與草木一般，我們都是謹警的兵。我們是彼此的靜物。

　　靜物只是外象，更深的情感總在心裡。被武裝精實起來的身體內裡，我究竟發生了什麼樣的變化嗎？我也不自知有了如何的改變。草木不動聲色，天光緩緩暗下。S，我也有困惑的時候，雖然身在此地的此刻，一切的一切總是明快確實的時候為多。我也不明白妳會有怎樣的改變，電話裡妳總是笑著的時候多些，雖然偶而也能聽出淡淡的孤單，和寂寞。

所有的新生活都是可堪比擬的嗎？展開新生活的，究竟是形象具體的此在，或是建構想像的遠方呢？S，展開新生活的究竟是我，還是妳？

中午，在反覆操演過基本教練課程之後，我們依序進到餐廳，竟聽到盧廣仲的〈一百種生活〉。S，妳能想像吧，此刻在成功嶺上聽到這樣的歌聲，似乎又另有一種解嘲不成的黑色幽默——哪裡有一百種生活呢？我的生活只有一種。或許本來就是一種的，肅穆而乏味的一種，必然的一種。一百種從來只是我們的妄想和欲求。

不知道妳過著怎樣的生活，或許我的意思是指，妳是怎樣過著妳的生活？一直以來，我常以為自己是了解妳的，但

我們都曾對新生活如此疑懼，不只對自己的，甚或也對彼此的。S，我們該如何理解進而解釋我與妳的未來──乃至於過去呢？我有些困惑了，S，我以為我能理解的，究竟是妳，還是感情？

迎面而來的風

S，

　　終於起風了。

　　又是晴天，中午用完餐，在長官們厲聲的斥喝中跑向集合場。終於起風了。

　　這是敘述上的問題。S，乍聽之下妳可能也覺得困惑。到底是真的起風了，還是身體因奔跑而與空氣摩擦的錯覺？陽光灑滿了在高分貝的責罵聲中跑動的我們，粉刷著我們，而至失去自己本來的顏色。我們跑著，跑過陽光，跑過時光，風與奔跑之人的身影越發難以區別，難以決定誰將改變。S，我無法不再一次想起楊牧的句子：在我年輕的飛奔裡，妳是迎面而來的風。

但當然迎面而來的不可能是妳了，不只因為離別，也因為這裡是成功嶺。Ｓ，這是成功嶺，迎面而來的若是樹蔭，就已是一種幸運。

　　午後本應上室內課的，但我們這分隊意外被帶出戶外公差，去晒寢具與被褥。很難說上是不是好的差事，但總之是搬了沉沉的床墊與棉被，流著汗，靜靜走了長長的路去停車場。鋪好了床具與被子，我們退到樹下，等拍照驗收的長官來。風在吹著，我們遠遠放鬆了談笑，像是在時間的大獄中放風的受刑人。床被則遠遠在風中掀動著布單的邊角，比偷閒休憩著的我們更自由。更簡單的自由，Ｓ，妳——至少午後睡夢中的妳，也有著那樣的自由嗎？

S，或許妳又要大聲笑我，在這裡想及自由是太奢侈了。但既想及妳了，我要如何迫著自己迴避自由的問題呢？S，妳知道的，我已不是從前那樣自由的人了。我有太多事情必須告訴妳。

原諒我

S，

在樹蔭下上了一天的緊急救護課。

講師站在講話隊形的中央，邊講著，身旁不斷落下不知名的小小的果子。秋天已到，一切都有因果的暗示。我們退在樹林下方，部隊的幹部則移至更遠處，遠遠照看著、大概同時也是監視著我們的……生死？假設的生死。

都是學習，都是模擬。S，我們是擅於想像生死的人，但我們其實並不那麼為生死勞神、用心。離我們太遠的那些，即使滿懷惡意遙遙監視著我們，也難令我們生懼。我們其實不那樣在意最後的結局，我們在意傷害更多。S，我們都是學著傷害和學著受傷的人。

傷害無所不在，但課堂上的操作氛圍是輕鬆的。S，敢在生死之間兒戲，都是真正害怕受傷的人。我無法專心學習這些救護技術，CPR，人工呼吸，止血法，固定術，包紮術。S，我不願讓誰改變我的心跳，呼吸，斷裂的支柱，繃開的創口。S，我不要誰來阻止或重新喚醒我。我需要妳原諒我。

　　晚間一次公差，隨眾走在往介壽臺的大路上，遙遙聽到營區之外傳來爆炸聲響，抬頭就看見煙火。那麼美麗卻又遙遠的花火，暗夜裡的花束。S，那些轉瞬就要消失的色彩及象形，好像都將給我永恆的傷害。

　　我會自己記著這些加諸我身的，然後忽略它們。S，不要對我道歉。原諒我。

在烈日下前進

S，

整天是在烈日下渡過的。

上午往返中正堂，拍照，上課，全套的制服穿上身，擺直了頭頸，在烈日之下隨著隊伍走著，像為了什麼送別一樣，清明而疲憊。整段路除了答數以外，只有腳步聲。實在是太熱了啊。連偶而出錯的腳步都瑣碎疲軟得難以分辨。

S，現在回想，那好像都不是真的。當下燠熱所帶來的不適，自然都是真的。衣服上的汗漬也是真的，曬黑的皮膚也是真的，但那整體的情境卻是無法描摹重現的，甚至連追想也不可得。下午上第一堂基本教練課程也是如此，立正，在炎炎烈日下操課，分隊長的說明與我們的每一動，幾乎都是認真到位的。認真得近乎矯情，近乎無情。但那又如何呢？

S，這都是虛幻的。

　　立正不能帶給我相對的堅毅與安穩，行進也不能領著我往更美好的遠方靠近。S，也許妳也不能。妳可以嗎？有時我也這樣希望，但不能出聲多求。今日排著隊打了電話給妳，但無人接聽，也許有事正忙，也許疏漏。生活總有這樣離題的時刻，行進的行伍中也常有突然失神的人。我可以理解，可以釋然，有時我也是。然則睡前提筆要寫信了，仍難免若有所失。S，我不知該如何說明我那時而至此刻的空洞，那樣嗡嗡作響的空洞。在烈日下前進的日子還長，行伍整齊的身影之中，我沒有聲音。我只是一個默默流著汗水的人。

　　只是一個人而已。我多麼希望妳來否定我，制止我。S，

除我之外——或甚至包括我在內，在列日下前進著的一切，
也許都是九月裡炎熱而漫長的某種幻覺。

所戮力追求的

S，

　　陰天裡，看到漫天亂飛的蜻蜓。

　　這是在山訓場的一天。離我們中隊較遠，但仍在營區範圍內的山訓場，位置已在成功嶺坡地的另一側了。一早在高空挑戰區爬網梯時，還是夏日一樣的大晴天，前一日聽說將要來襲的颱風仍全無徵象，但大伙興致正高，不知道是不是只有我惦記著這個消息。漫漫烈日晒著我們，流著大量汗水的我們，熱切的我們。S，這是熱鬧的早晨，只有勞動最碌的瞬間以及勞動空暇時的靜默，我才想到關於妳的事情，才令我覺得，我畢竟還是孤獨的。

　　到了下午卻變成了陰天。課程內容是攀岩與垂降。（當然不只是攀岩與垂降而已，也包括一些別的相關知識，但是

S，我們怎麼可能去關心那些我們並不在意、且轉瞬就會安然渡過的難題？）綁著複雜的護具與繩結，我看見厚實飽滿的雲層在黃色的空中快速移動，低空處布滿了像縮小的戰機般巡弋著的蜻蜓，可怖的熱情在空氣中浮動著，令人生畏生疑。S，此時我竟覺得妳無法體會我正說著的情境也是沒有關係的了。我甚至不希望妳體會了解。我不要妳懷疑或畏懼。

　　看著眾人在陰黃的天色下，攀緊了人造的石角向上爬，應和著底下群眾的歡呼與打氣聲，蜻蜓漫天飛行。所有熱切的事情，背後好像都隱藏著害怕落後的本意。我覺得害怕。我也是群眾之一。

　　我也是群眾之一。

S，我不要妳懷疑或畏懼但是，但是我們所那樣長久戮力追求著的──比如堅強，比如幸福，會不會不過是我們剛好必須追求的東西？

喜怒無常的人

S，

聽說颱風已經走了。

　　晨早起來，就是晴空萬里的好天氣。不知從哪裡傳來的消息是颱風最終並未登陸，連夜繞過臨海，北向走了。我鬆了口氣。S，妳還記得那晚意外來襲的風雨嗎？離別時分間歇颳起的狂風暴雨，我在側風中焦慮而鬱悶地走著。S，我得承認，那一刻的我，或許就是一個因失望而喜怒無常的人。羅蘭・巴特在《戀人絮語》中引了歌德的句子，「我們是自己的魔鬼。」我是個喜怒無常的人。

　　然而那都已過去，我們不會再經歷──也不該再經歷那樣一次寂寞的離別了。暴風雨沒有降臨，整個中隊的行伍顯得垂頭喪氣。這是長官所說出操的好天候。S，一整個下午我

們幾乎都在烈日下操課，汗水從剪得精短的髮沿不斷流下，時間過去，我感到無比疲倦，無比口渴，無比麻木，以為自己並非行走於荒漠而已是荒漠的一部份。

如村上春樹在《國境之南・太陽之西》中所說的，真正存活的只有沙漠自身。S，這是妳最討厭的天氣了，而我正做著妳最不願去做的事情。繞著四枝交通錐一圈又一圈的行進著，一圈又一圈，一圈又一圈，一圈又一圈。

這麼聽或者妳就要皺起眉，S，妳不喜歡重複，妳是容易因著熱情而不耐、而拗起壞情緒的女孩子。但這都是可以理解的。這畢竟是練習。一個下午幾百圈的繞行，反覆操演，一動接一動，圈復一圈，為的也不過是熟練另一項技藝。

這是練習。我們曾學過這麼多不堪追根究柢的技藝，但凡技藝追究下去，總是沒有意義的，磨礪還容易留下痕跡一些。S，如果愛也是一種技藝，我就不能是一個會因失望而陷入喜怒的人。「我不是個喜怒無常的人」，我在心裡對自己說，而不是對妳。

　　當然不能對妳了。S，如果愛也是一種技藝，我希望風暴留下全部的刮損在我身，而非我的心裡。S，思念而不打擾是我給自己的練習。

不能承認的錯覺

S，

腳受傷了。

公發的鞋並不合腳，但已無尺寸可換替，只得將就著穿。幾日下來腳掌的幾個關節處已磨破了皮，有些則起了水泡。

比起來這不是太苦的事。S，我還記得那些令妳氣惱的傷疤，碰觸著那些傷疤總讓我想起那些疼痛的往日。S，我們已經不能回頭修改那些過去的日子了，即使我們總試著這麼做。最初那個唯心的選擇很可能就此讓我們更加堅定了，或者軟弱，而至最終也就那樣，成為一個公正而偏頗的人，為了他人而隱藏自己的痛苦。S，世界是一個蓄滿時光組織液的水泡，在每次摩擦中給我們看不見的痛楚，直到痊癒時，才

留下可見但無法感知的傷害。

　　早上因此無法參加三千公尺的例行晨跑。隨其他不能晨
跑的人去打掃營區前後的大路，布滿溫暖落葉的大路。拿了
掃地用具，小跑步穿過寢室間陰暗的長廊，就看見外頭陽光
遍地的時候，忽然聽見戰機凌空飛過的巨大聲音，建物轟轟
作響。戶外的大家都停下灑掃，仰頭注視，同感震動。沒有
信仰的人總還是好奇的，S，我們畢竟是新受訓的、年輕的
兵，是還沒耗損磨合、大概也來不及磨合的隊伍。我們為難
及的力量分神，為難解的物事著迷。S，這是不是我總是記掛
著妳的原因？

　　打掃區位在成功嶺的高處。沿著朝陽鋪著的金黃色大路

望去，可以隱約看見山下的城市。S，遠遠那樓房的輪廓能予人一種安居的錯覺，雖然我仍只是坐困愁城的新兵而已。S，妳還願意了解我的那些……錯覺嗎？打掃完回寢的路上，見到一片被蛛絲懸繫著的落葉，S，那捲起的落葉在微弱得幾乎不能感知的風中輕輕轉動，像是承諾的戒子，展示著不同意涵的綠，令人想起剛剛掃除的，滿地傷情的褐黃色。S，那懸於一念的，究竟是季節真實的色彩，或者只不過是我懷疑的眼睛？

　　我還是別再說下去了吧。S，請原諒我這樣瑣碎又疑惑的對妳說著晨間瑣事，我想妳是不感興趣的，S，太多事情我無法當真去信。我也不是要同妳確認的意思，但窮我所知只有妳，不論妳同不同意，只有妳不會是我的錯覺。

等著我們

S，

　　天色陰霾，雲層之後時時傳來戰機飛行的聲響。S，我們看不到的那些，已經不要緊了，即使是得見的也未必都重要。已是放假的前一天了。

　　也許是刻意安排的，今日整天都是室內課。服役權益種種，法規種種，沿革種種。長長的脈絡與巨大的架構，然我們都只是經過的人。坐在餐廳中聽課的整個大隊靜得出奇，不是為著紀律，而真是為了安靜。我也有不得不靜下來的時刻。這有點難以解釋，S，靜下來的想念也是另一種呼喚的方式。S，我聽不見臺上那些人所說的話，我聽見自己，我聽見妳，那樣開朗快樂訴說著的樣子，的聲音。雖然不真實，但我真的為這些所聽見的感到放心。我偶而也是聽不見的。S，安靜是我寫信時的雜音。

昨晚是部隊上的文康時間，在教室櫃中看到林則良的《對鏡猜疑》，「就坐著吧／那只是戲院千萬的座位之一」。S，此時聽課的餐廳中坐滿了兵，人群不是最可怕的，可怕的是我不能在人群中找到妳，找到了我以為該是妳的、鄰近的座位，卻無法找到妳。S，我恨惡那樣的疏離，但我卻要成為那樣疏離的人。

　　我們都明白寂寞是怎樣的事情。聽課途中，不知怎麼的室內竟飛進一隻麻雀，在挑高的大堂及眾人目光中，來回撲飛尋找出路。我們不敢發出驚呼，但多少為之分了心。這當然不可能是刻意的安排，但這已是放假的前一天了。每當那麻雀飛起，我們都覺得自己微涼的寂寞，好像又生出了禁不

起誘引的、熱切的思慮。這算是什麼呢我不知道，我心是麻雀，還是麻雀所無法飛出的教室？容入的門與緊閉的窗，S，這些都不足以比喻妳。S，妳是我所有的喻依。

　　再晚，我們的行李被拉出庫房，一一領回。在寢室內躁動的氣氛裡，我們各自打開行李。裝在黑色公發的行李袋中，我來時所攜的衣物仍平整、乾淨，彷彿不曾經歷過這十餘天無所不在的檢視。衣物當然不是違禁之物，但我難免有了那樣單薄的憂慮，我畢竟是經歷了這十餘天的檢視的。我是該擔心的，S，我不知道在外等候著我的，將是怎樣溫度的氣氛和話語。

　　不要中暑，不要受涼。我不知道妳全部的生活，S，妳總

說妳是可以照顧著自己的人。

　　明天放假，世界在外面等著我們。S，如果妳願意與我一起發問，什麼在等著我們？

不知道妳在哪裡

S，

　　大雨之中收假回到成功嶺。

　　因著颱風侵襲，晚了一天收假，然則外圍環流的雨雲似乎還勾留未去。在南方，雨勢已經緩和下來了，甚至有時就停了下來。出發前我爬上樓頂的露臺張望，風雨之後，世界好像又分明了一些，禁不住摧折的俱散落一地，承受得了的，好像就此也都更堅定了一點。

　　但當然還是有一些不易探知的，也許是因為意願，也許是定義。S，妳的地址我已仔細記著了，我曾去過那裡，妳也是知道的。但在風雨之後的天臺上，我不能形容站在這裡的我此際是多麼困惑，脆弱。那個，或說那些我與妳一起去過看過的居所，妳的，或我的，我們都那麼熟悉。但為什麼我

卻好像不曾知道妳在哪裡。

　　臺中仍下著滂沱大雨。雨水落在高鐵烏日站石地上的聲
響，令我想起七星潭的浪潮聲。大海清點數算著卵石、寬容
又細瑣的聲響，那麼開朗快樂，又那麼細心，珍惜。S，我曾
與妳說過這些的，這些我如此確信卻無以名之的物事人情。
我那樣珍惜，S，現在的我卻好像並不知道妳在哪裡。我記得
妳聽完那些我龐雜述說的情緒之後，認真思索、繼而點著頭
的樣子。S，現在的我卻好像並不知道妳在哪裡。

　　妳不在這裡。雨勢一直持續著，天色還沒全然暗下，但
很快便會，稍遠處已不能看清。下著大雨的成功嶺上，我們
持續前進，披著雨衣，雖內裡還穿著便服，但已經是肅穆而

嚴謹的。我幾乎可以感覺到每一雨滴對我的打擊。

但我不能反擊。S，我們不能老與世界為敵。S，妳喜歡那些描述城市為雨所困的流行歌曲，但妳是不會喜歡我如今的處境的，如果撇開那些嬉鬧時苦中作樂的諧謔不提。妳大概也正在另一個被雨圍困的城市中緊鎖著眉頭，甚至自己。S，我不能夠再想像下去了，我知道妳那邊也有著不能相抗、甚至不能迴避的危險的風雨，而我終究不在那裡。我知道我不能代替。

等等回到部隊，我們便要接受安檢，銳器，高壓氣體皆將被沒收，手機也要關機，入庫鎖起。S，我們也都是等待著沒收的人。我會繼續寫信給妳，即使未被察覺的現況本身即

是一種危險。S，雖然明白妳其實身在何地，我卻彷彿不知道妳在哪裡。阻隔這一切的到底是風雨，或者是我，或是妳？S，願妳都好，溫暖，乾燥，自適，有著懶散與胡思亂想的餘地，不論哪裡。

　　而這邊我渾身溼透，就要回到部隊潮霉的寢中，S，我必須在此結束這封暴雨中的信。

停留在半空中

S，

　　雨時下時停，早晨仍有淡薄的霧，偶而也露出陽光。

　　聽說成功嶺是很少落雨的。「落汗落淚來不及，還想落雨？」這是長官的說法。這樣似是而非的道理很多，不能一一細想。真要追問下去、做邏輯論理上的探索辨析，決意在以口號為尚的營區中找尋生命所以為生命的原因，為懸而未決的雨雲乃至一切，找到迫降的理由與地點。S，那不是一個心有所愛的新兵該做的事情。

　　到了下午，雲層更稀薄些了。天空顯得更寬廣，霧氣已經完全消散，水氣往更高空處去了，成為雲。S，我喜歡這樣的安排，如果真有安排，真能安排，讓秋天便是秋天，讓意氣消失在意氣裡，讓心意都成為雲，得其形，有其徵候與凝

聚的依託，但卻是若即若離的，而不要落下為傷感的雨。

　　這幾乎說的是我為妳寫下的這些信了。Ｓ，我其實不希望事事都有著隱喻，妳也是唸文院的人，妳能解讀，我應該把妳的空間讓給妳。雖然我總以為那是妳我最好的聯繫方式。剛剛午後，隨部隊去到介壽臺前的大集合場，看見遼闊天空中長長的、正在散去的飛機雲。指著某個方位的長長的飛機雲吶。不知道要到哪裡去，不知道已經去到哪裡。

　　想起午餐時聽到張震嶽的〈自由〉。真真好久不見。Ｓ，氣溫又下降了，整個世界都在向下墜落，惟有寫信給妳，我才能繼續停留在半空中。

自己的決定

S，

　　一早進行了役別的甄選。無情的陽光晒著大集合場上不安的我們。

　　好像又回到酷溽的暑期。不同的長官領著不同的人，前往不同的單位辦理申請。有人如願選上，有人沒有。S，競爭是無所不在的，即使是一起受苦半個月的同袍們，以後也要下到全無關聯的單位去。陽光下，我們拖著身後形象各異的影子，有著一樣黑暗的心情。遭遇如意一些的人，看上去自然還是高興的，但在同樣日子的逼視下，我們的疲倦其實無有二致。

　　我讓時間選擇了其中一種身分。兩週後將北上赴司法研習單位，受分科專業訓練。這是意料之外的結果，雖則也是

我自己的決定。S，我能取捨的從來不多，所怨所惜，常常只是情非得已。大學法律系畢業後，在時光的審理中，有罪與無罪之間，我已假自由與文學之名抗辯、逃避了這樣久，能怎麼逃避下去？錢鍾書於楊絳的《幹校六記》中寫了引子，說是該書盡寫了記勞記閒，記情記幸，記妄記別，卻短寫了一篇，記愧。他們說，慚愧是該被淘汰而不被培養的感情。S，我不能同意。放棄或不捨，背後有一樣的在意。S，在意妳是我自己的決定。

　　在成功嶺上提及《幹校六記》，不知道是過分切題，還是離題。飽食終日無所用心的勞動，不論目的，我也已漸漸習慣。S，我有著始終惦念之人，這是幸運的，也是不幸。S，我寫了那樣多信給妳，在隱晦處──也僅能在隱晦裡坦承

我思念的罪行。黃玠在〈綠色的日子〉中唱過了，「我如此
努力的隱藏／妳會更快樂嗎」。S，我逃避妳的追問與質疑那
麼久，以我的方式暗自記下內心之愧。妳會更快樂嗎？

　　S，妳會更快樂嗎？對不起，不讓妳明白我的在意，是我
自己的決定。

黃昏無人聽見

S，

　　昨日漏記一事。也不是要事，昨日的事我常常是不多提
的。該時間的，也許應該就由時間去淘選解釋，如果那只對
我發生意義。

　　但妳不同，妳大於意義。昨日下午舉行了這一梯次的軍
歌比賽。激昂勵志的歌曲無甚可記。我想與妳說的，是在那
些氣勢懾人的歌唱之後，名次之後，獎賞與給假之後，歡呼
與失望之後，當所有意義散去，那個因人潮退卻而得以重新
展現的黃昏。

　　S，我有過這樣的感覺，我相信妳也有過。我們畢竟一起
經歷過許多事情。關於海洋，關於天空，關於深夜的雨，關
於輪渡停駛的深夜的河岸，關於風車靜止不轉的濱海公園，

關於與妳共同渡過的時候，某些全景投入、自身空乏的時刻。最美好的是不關乎意義的。S，那些離開散去的人群，是為了黃昏而存在的。那些潮聲與波光是為了海而存在的。那些碼頭，關於真愛的命名或其他什麼的碼頭，是為了候船的人或停駛的船而存在的。S，意義是我們為了我們所愛的美好而虛擬出來的支柱，的理由。S，這些信是不是也能給妳一個理由？

可能是沒有辦法的。今日六點左右，在大集合場上好似聽到了號角聲。傳說中的號角聲。只是問了左右鄰員，竟無人聽見。然我分明是聽見了啊。是無心者無心，還是多疑者多疑了呢？S，雖然這樣相信是有些可笑，但那號角聲好像傳遞著什麼訊息。是傳予我，還是我有意傳予誰的祕密呢？

但是無人聽見那樣黃昏中的號角聲，不知道存不存在的號角聲。大家都沉浸在一日將盡的快樂裡。無人察知的或許是黃昏？晚餐前，我們在餐廳後的集合場踏步操課，仍在打飯的餐廳中竟傳來不知名的搖滾樂。S，妳知道的，搖滾樂於我們有著怎樣重要的意義。但此時這音樂我不僅未曾聽過，甚且聽不清楚，後來僅能辨識其中貝斯與鼓的低音。這首歌並不屬於我。雖然整座建物共鳴震盪在黃昏的成功嶺，雖然只有我著意在聽。

　　S，一日將盡，黃昏裡無人聽見的，將是我昨日對妳的心情。

我所在意

S，

　　晨早的氣溫好像又更低了一些。五點半部隊起床時，天甚至還沒亮。但沒有惡意的風，那種已經醒來，卻覺得一切仍陌生的寒意，便能忍受。

　　六點進行表訂的三千公尺跑步鑑測。與整個部隊一起跑步時，我是為難的。我身在激昂的團體裡，卻是為著自己的孤單而奮力前進著。燥熱的人群讓每個人都堅強，置身在堅強的人群裡，卻顯得我更脆弱，而且傾向感傷。

　　不知道是不是因為妳。S，氣溫好像已經不可能再回到盛暑的景況去了。如我同妳說過的，已過中秋，就回不去。S，面對季節的變換，而至其他時間所造成的變換，我們不能自欺。成功嶺上的相思樹已經開始掉著葉子，先幾天還是綠葉

多些，這些天幾已全是枯褐的顏色。外掃區的兵掃集了它們裝進麻袋，拉上拖車。滿滿的無人解讀的喻示與情意，堆在無人留心的牆角上，好像反而彰顯著某種真實。

午后我們分隊得出公差，上頭先是要我們裝冬被，後來全裝好了，更上頭又拿不定主意，要我們再把被胎全拆下，復原。S，舉棋不定的猶疑我們也有過，我不能怪罪在混亂之中摸索憑依的人，不論是勞力，或是心。S，白忙一場的，從來只是我的情緒。

我們最後被派定的差事，是去成功嶺後山將掃集的落葉倒掉。時近正午，氣溫回升，我們在炎日下壓低了帽沿，志意渙散地走著。沿途幾次看到遇人輒奔逃的松鼠，也無心多

說什麼。S，在冗長的生活中，不是所有稍縱即逝的，都值得留意、令我分心。S，如妳所固執相信的，我喜歡成為敘說的人。雖然只能說與我所在意的。

惟在意的才被記憶。走過幾個大隊的營部，出了哨口，就是我們要倒棄落葉的後山，隱蔽而幽暗的小路旁堆置著慢慢腐壞的枝葉，沿著山坡往兩側延伸，沒入樹與竹的雜林。我們搬著麻袋爬上坡，一邊倒卸，一邊笑說著逃兵的可能。或說是逃兵的想像吧。S，我們都有過這樣的想望。我懷念那時候妳抿著嘴、搖頭不願去想的樣子。嚴苛的命運之下，有時我們甚至就真逃了兵，被生命的軍法以更高、更不合理的方式追緝。S，逃避才是最殘酷的。如果一定必須消失，我能不能再次消失在妳的擁抱裡？

S，我知道妳不會回答這些問題。回程的路上，看見幾個營區建物上已被塗去、然仍可看出痕跡的老標語。時代考驗青年云云。時間何曾放棄對我們的考驗呢？S，我們的事在曖昧荒僻的生活邊陲上歷歷累積，夏天的葉已被秋天的人忘記，我，或者我們，真能守著並承認那些不合時宜的祕密嗎？

　　S，我不懷疑妳能夠，但秋天已經來臨。晚些時候，自強臺的集合場上，又要揚起新兵們的踏步聲和滿天逡飛的蝙蝠群。S，我與鄰兵爭論過那些是否真是蝙蝠，我也與妳聊過我的鄰兵。但我不曾與人談及妳。

S，我想我了解妳那些不願說話的時刻了。我也不談論我所真心在意。

稍縱即逝的

S，

部隊中好些人感冒了。

包括我。接連幾天都無法安睡到六點，越發嚴重，大概三、四點就要在咳嗽中醒過來。坐在蚊帳中覺得天旋地轉，頭痛欲裂，嗓子則幾乎是啞的。有口難言也是一種監禁。然則每每隊上長官問著要去醫護所的出列，我仍情願躲身在健康的人群裡。S，有口難言也是一種監禁。

S，我不以為疾病使我特別，我是再平凡不過的人。S，妳總以為我是深慮且堅強的，但在不可見的病毒前，我表面上的堅強彷彿更是受難的根據。

其實不是這樣的。只有在其他虛幻的病痛中，我才能減

輕想念的惡疾。尤在這時，在這裡。思念本是超越時間與空間而存在的，S，但在妳之前，一切好像都是稍縱即逝的。惟病痛可以使我的思念慢下來，給我理出頭緒的餘裕。S，在大規模的傳染病中思念著某人，多少是被賦予浪漫色彩的吧。但我所患的只是慣見的流感，再怎麼頑強，傷身，終究數日能癒。

S，傳染疾病不是我思念的象徵，我只是單純感冒了而已。只是要大不小的病。明日就要點放，我甚至沒去想過該不該偷空就醫呢。S，短短半天的自由，我要如何安排生病的自己？

今日基本教練課程所教習的，是原地間轉法。因著場地

關係，整堂課，我們都在營區前某段柏油路面的坡道上進行操作。向左轉，向右轉，向後轉，努力與地面的坡度相抗，在迅速而短暫的旋轉中保持重心與節奏，最終讓靠攏的腳跟留在原地。S，整個世界都已傾斜，一切都是稍縱即逝的。我們無可選擇，只能努力試圖將一切留在原地，包括不可也不能明証的暈眩。

或者還有一些別的。綜合演練之後，我們將會面向怎樣的方向呢？我們必須永遠朝著同一個方向嗎？S，我不明白，我們一起經過那麼多稍縱即逝的痛苦（或是痛苦的稍縱即逝？），向右，向左，為什麼仍不願為面對彼此而犯錯呢？

站夜哨的人

S，

　　昨日點放，我是無處可去的人。

　　我無處可去，S，在秋天入伍，似乎就註定只是來此履行思念之義務而已。S，我不願這樣想，妳也知道，我不是慣以比喻去閃避妳我間關係的人，但如果要選用這樣的比擬，我們似乎更像是遙遙守著彼此的牧羊人，而非彼此時時細心照護的園藝。S，我總是選擇以比較拙實的方式守著妳，在黑暗的日子中一起前進。遠遠的，隔著陌生的人群，一起前進。即使連彼此的心意都難以看清。

　　我不得不如此。S，我不曾同妳說過這裡的夜晚，我也不曾提過夜裡的人。昨日收假回到隊上，通過二號哨口，長官領著我們走進漆黑的營區。沿途路燈大多還未亮起，收假

的新兵們相互對正，標齊，在彼此身影的陰面一言不發地走著。S，我無法形容，此刻我是如何懷念那些能與妳互道晚安後入眠的夜晚，S，我想著妳說的話。妳的話語比光更能照明。

這讓我想到友人的形容，其實是關於失眠，但這樣的情境也貼切，「我們是不得不的存在。」警覺卻又疲倦的夜行，走向最不願去的地方，心裡想著最重要的人。我們。S，我無意釐清此間的邏輯與關係，甚至某些更接近命定的。但我們，我們是不得不存在的。

凌晨輪值站夜哨。零點至一點，人說鬼魅最張妄的時刻。S，陰暗的夜哨於我並不是太艱難的，黑暗得連自己的影

子也要消失，於我也不艱難。難的是這一切為著的原因。S，我以為我時時刻刻都能守著妳，透過文字，語言，音聲光線溫度，或美麗的心，而未必就是陪伴。但當真正身在遙遠的異地，以營區安全為目執勤，仍難免自疑。然而那只是一念之間。S，有時我也不清楚自己所思所信。不說好夢好眠，但我知道妳會。S，我是站夜哨的人，妳既在遠方，我守著的就不是這裡。

今日過得其實並不順利。隊上的結訓鑑測有人試圖舞弊被揪出，整個部隊都遭波及。午間長官為此狠狠發了脾氣，我們在突如其來的鋒面大雨中挨訓，全身都淋濕了，整面天空變成慍怒的暗黃色，風雨飄搖，不知何時才會停止。也許是那陣大雨的關係，晚間咳嗽轉劇，引來注意與關切，但我

已幾乎無法發出咳嗽以外的聲音。

　　S，如果不得不，我只願引起妳的注意。我的病痛常需要妳來提醒，雖然我的病因從來就未經妳同意。咳嗽最烈時，眼前時而發黑，不能見物，雖只是暫時的。S，如果——我只是說如果，如果摀著我眼、要我休息的是妳，我該不該感到為難，而至憂慮？

　　也許不該再多想下去了，我只是個在尋常夜裡站哨的人。今日晚餐後短暫的自用時間，我不會打電話給妳了。S，這些日子以來我常在夜裡排著長長的隊，為了聽妳說說那些於我而言已不能更遙遠的言語，及生活。但今晚我決定不打電話給妳。

關於夜晚我知道太多，能說的太少。Ｓ，也許我該再說一次動物園夜行館的故事給妳聽？妳喜歡那些快樂的事，但我咳得厲害，已決定不打電話給妳了。Ｓ，容我除了妳，也一併守著一些與妳相關的祕密。我不要多談這一切，我是不應對黑夜明說我的恐懼的。今晚我是黑暗裡的人。

　　「守著孤獨守著夜／守著距離守著妳」Ｓ，晚安，好夢好眠。我要忍住咳嗽靜靜站著妳心中的夜哨，敏感，多疑，但是堅決。Ｓ，我得承認，今晚不打給妳，是我害怕了。在夜裡，是我害怕妳掛慮。

有什麼俯視著

S，

結訓日近，但還沒真到假期。凌晨在咳嗽中醒來時，外頭還下著不大不小的雨。

感冒未癒，昏瞶的日子還沒過完。稍早部隊披著雨衣前往用早餐，在蕭條的秋雨中低頭急走著，讓雨水代替陽光描述我們。回來了，便依命令紛紛將雨衣掛起，整個寢室都高懸著暗藍色不透光的身影，室內更顯陰冷，數十件暗藍色的雨衣排排掛著，像是充滿力量的鬼或神。S，我們注視著彼此的時候，有什麼在高高俯視著我們？

到了早上約莫十點才完全放晴。離結訓僅剩兩天，似乎有某些不可名狀的已提前瓦解。這是鬆懈的日子。寢室內笑鬧的人更多了，要出外操課，長官催促的聲音也不若以往的

急，跑去集合場集合時，竟有餘裕去看頂上的天空。天空已
是淡藍色的。

　　有什麼俯視著我們。S，也許是我多心了，突來的空閒
本是我們應得的，我卻為之感到輕微的焦慮。午間在大餐廳
內上心理諮商的室內課，內容難免是死板枯燥些的，畢竟是
為著健康，畢竟是。我上著上著也不勝睏倦打了瞌睡。再醒
來時課程已近尾聲，大牆上投影著幾個大字：換個角度看世
界。

　　S，我曾說過，妳是我在此觀看世界的窗口。而此刻大廳
的窗正照進透明的日光。午餐時放著的音樂竟是 Aerosmith 的
〈I don't want to miss a thing〉，電影《世界末日》的主題曲。

S，有什麼俯視著我們呢？我也笑說過我是妳的窗口，而妳是我的。如妳所知，我是近乎透明的，S，我們都不是那種能為了取悅誰而改變的人。

我不能錯過妳透露予我的風景，雖然感冒未癒，我還不該打電話給妳。我還不能為了妳去排那思念的、長長的隊。但S，結訓日近了，我和世界之間有妳，若真有什麼俯視著我們，末日就不能來得這樣輕易。

前一天

S，

感冒稍好一些了。

比起前一天，咳嗽的症狀已減輕許多。這對我而言是重要的。我能與妳連絡，雖然我對妳似乎也無話可說。真心能說的皆已說過。

有些仍未到說的時候，有些也許永不必說。已是結訓前一天。S，轉眼間一個月已過去。明日結訓，而後我便能南返，三日後再回成功嶺，整頓了待新單位來帶著我們北上受分科專訓。S，於妳而言，這只是河水一樣流逝日子的一部分，妳是站在岸上或是船上的呢？S，我是在水中逆流游泳的人。

日子的紋路已被陽光拓印於我身上。日子的渦流也是。午間於後集合場集合，新訓的兵們都是疲憊的，答數聲已不那麼激昂，但仍有一種勉力為之的、溫暖的堅定。

　　我已能重新加入答數的行列，雖已是結訓前一天。S，我想，有些落寞地想，妳應該也已能適應新的生活。集合場的行伍中不知何時飛進一隻黑蝶，看不清是不是全黑的，似乎綴有白色的斑紋，但也可能只是陽光所留下的光點。S，那年我曾認識一個特別的女孩，寫過一篇以黑蝶為象徵的小說。那小說寫得極青春，極絕望，極好，有著強烈卻飄忽的愛意與懷疑。S，此時行伍間那隻在風中晃動的黑蝶，幾要吸引我的全部注意了。那蝶的飛行讓我想起妳時而不可理喻的樣子。分隔日久，那卻好像只是日前的事情。S，早前旅行時，

陽光也在妳身上留下了印子，夏末的紋身。S，我知道妳是無心的，但妳輕輕的改變了好多事。

晚間是結訓餐會。一樣是用餐，平日安靜的大堂卻全然陷入瘋狂。「今天沒政府了啊！」鄰員們這樣歡呼著。S，這是妳所不感興趣的那種熱鬧。新兵的結訓餐會，鼓譟，吼叫，高舉的拳頭，充滿直接力量的嘉年華。還好，最後有人不知自哪弄來了吉他。S，最後一首歌是〈海洋〉。

忘記之前是不是同妳說過，第一次放假時，接駁車上所播的第一首歌，是〈旅行的意義〉。忘記與妳相關的任何意義不是我所願意的，但S，妳太鮮明了，與妳相關的瑣碎的美好，我總是記不清。

海洋，旅行的意義。S，我讀過有人這樣以出埃及記去寫愛情，「我們必須重新回到海洋未決裂的那一天」。摩西的故事於我們而言，意義上是太崇高了些，但在信念上或許也能追及。所有受創的傷口都有著癒合或是重新裂開的時候。S，午間的黑蝶那樣飛過了我們原地踏步的隊伍，受著新訓的三等兵們也將一一還原，痊癒。

　　我思念妳更甚以往。可以言述卻決定保持沉默的那樣的思念，更甚以往。S，妳知道的，這已是結訓的前一天。

漫起了煙霧

S,

　　天是微陰的。到處都漫起了霧。

　　傍晚回到成功嶺，或將也是最後一次了。乘高鐵北上、經過嘉南平原時，遠遠見稻作間農忙的人揹著半人高的鐵筒，手持與之相連的長桿。桿梢正噴灑著煙霧。

　　S，我也不明白那是怎樣的煙霧。秋日黃昏裡緩慢四散的白色煙霧。那農人緩慢地左右揮動著長桿，阡陌小路在其背後也漸漸模糊。但不完全是因為那農人的關係。S，那煙霧只是剛好的徵候，常是這樣的，風在遠方吹著，在此我便無話可說。路消失了，S，到處都漫起了寂寞的大霧。

　　S，未來一年將往何處去，我也不清楚。結訓假數日，我

總在海邊晃蕩，不忍靠近，不忍稍離。我與妳說過而妳也曾自說的，在海浪聲中，我們是安全的。S，那些海浪的聲音或許也是我們的煙霧？當我傾聽時妳小聲說過，妳是那種害怕被看穿的人，妳說妳害怕，我就默默不多說什麼。S，我是瞭解妳的人，妳也是我的煙霧。

新訓已經結束了。等著不可知的明日，這是新兵們在成功嶺上最自由的一晚，卻也是最安靜、氣氛最低迷的一晚。S，霧氣還未散去，自由於我們而言，究竟能是什麼呢？S，我無法看清那些與妳相關的。我太瞭解妳，碰觸妳時，我總無法瞭解自己。

睡前最後一次的晚點名，已結訓的我們又被要求重新穿

上全套制服。世界總是不能輕易放棄對我們的確認。S，這是我在成功嶺上的最後一晚了，最終的身分與關係，最終的情緒。藏在迷離的時間之後，誰會來檢視、證明這些呢？霧淡淡漫著在黑夜裡，沒有答數，沒有軍歌，一切顯得格外真切，也格外不實。S，今晚明朗的月光一樣灑在我們制服漿挺的褶線上，然抬頭去看，月卻是朦朧的。明亮的月與其陰霾陷落的缺面。S，我喜歡妳有時那麼倔強，依賴，漫不經心的樣子，我真的喜歡。S，我不填補妳的缺陷，我願意陪伴，讓妳和那些美好的缺點，都慢慢成為我的缺點。S，如果我是深深懂妳的人，我們就沒有缺陷。

存於我們之間的究竟能是什麼呢？會是什麼呢？S，我們總試著彼此坦白，不讓不能明說的陰影掩蔽了對方，或是自

己。但為了妳我已經退至黑夜的盡處，S，霧已經漫起，無風也無光的世界當前，我不信但已不敢伸手確認，我們在彼此心底，會不會仍只是可見卻不可及的霧中風景？

沒有消息

S，

　　我就要離開這裡了。

　　晨早醒來仍感到涼意，匆忙折整著內務時，能聽見附近
集合場傳來幹訓隊新兵們精神抖擻的喊聲。「加強磨練」、
「加強磨練」。S，這些日子以來，我已不總是能為別人的磨
礪而動容、或感到好奇了。粗布制服日日磨練著我身，我已
更堅定，更耐得住言語和思念的折損，更懂得斂藏神色與心
意。我已通過對自己的磨練了嗎？S，我更在乎妳了，秋天令
我明白自己真正在乎的是什麼事情。S，夏天已經過去，早於
我，也早於妳。我們都要離開這裡了。

　　還了被褥，領了餐盒，過往與來日的寢食彷彿就都有了
交代。在長官的指引下，我們逞力將黑色的公發大行李袋扛

上左肩。S，那重量沉得能讓每個人都叫苦出聲的，但我們沒有。S，我們必須離開這裡了，離開且沒有聲音。走出隊部，走出中隊集合場，走過兩側植滿夾道林木的前馬，轉彎，再轉彎，往大集合場去。一路上整個中隊行進的腳步是整齊的，凌亂的是答數的聲音。S，我把帽簷壓得很低，比標準動作更低，比平日更低，我也不自知是為了什麼。帽子的前緣緊壓著我的額頭與眼眉，給我不適與勉能忍受的焦慮。S，帶著制式的帽子時，所有的壓迫都讓我更專注的想念妳。

對於這一切我其實並不服氣。S，沒有壓迫時，我也一樣專注想妳。即使是孤單一些，即使是危險一些。大集合場上我們背剪雙手，肅著臉比肩立著，等候時光的發落。黑色的大行李袋都被立起在身後，緊貼著我們的腳跟，幾與腰齊，

像是影子。S，我們遠行時緊緊跟隨著的，會是誰的影子？

　　或說會是什麼留給我的影子？會是誰留給我的影子。S，此刻陽光是溫和的，昨夜的霧氣還未褪盡，像是妳，像是某個就要被猜出但遲遲沒有的謎。S，我想著妳，汗水在不帶消息的風中默默滴著，時光繼續對我磨練。S，想著妳時我是安靜的，妳是我的前提、我的暗示，而我是妳的影子。當妳不在，S，當日光照著我進而磨損我，我是沒有聲音的。

　　未久分發作業就開始，不同的兵被不同的單位帶開、重新整隊，但一切早已決定，我們都是安靜的。S，現在的我正坐在介壽臺旁的大路上，左右鄰員都已是來自不同中隊的人了，新單位的專員將前來帶領我們，整合我們，然後離開。

陽光溫和，昨夜的霧氣仍未褪盡，成功嶺的一切都慢下來了，靜下來了，甚至停了下來。Ｓ，我不知道。我知道此後我將能更輕易找到妳，更多的美好將更靠近。Ｓ，我知道我將會失去妳。

　　我就要離開這裡了。離開這裡，離開此刻，離開自己。出了成功嶺，我們會有更多聯繫的方法吧，我們能有更多彼此的消息。穿著制服拉起行李，Ｓ，我就要離開這裡，這也許是我寫給妳的最後一封信了。希望妳好，一切都好。有了自由，我還能寫怎樣的信給妳呢？Ｓ，我們不要斷了聯繫。

　　不要斷了聯繫。Ｓ，我就要離開這裡了。我念妳至深，我不會再寫信給妳。

後記

退伍令

退伍令

「踏步，按齊步步速在原地踏步。」——《應用步法》

今日大晴，憂鬱的輔導長已於昨日退役
「如果張開雲的翅膀，能不能飛往——
天空以外的地方？」S，壓低了帽沿
我在暗中想念妳，空無一人的集合場上
彷彿也充滿了新兵答數的聲音
但我已經老了在這意志的暴雨，待退期間
做一員公差掃地，揚起光與影的塵埃
青春大霧遮蔽遙遠的我，和妳
S，我就要離開這裡……

晚點名前寫過的信，已變成了鴿子
銅像肩上的鴿子，卻都已經消失

S，水壺裡的孤獨非我所有，文康時間拿著筆
讓真實的槍械回到偽病的傷者手裡，稍輕一些——
S，多數時候我們只是練習，拆解鐵灰色的細節
重組恍惚的迷彩綠。一枝菸重複點燃著乾燥
紀律在我胸口裡。S，我們最後都是病於酒了
還是水瓶？我不能低頭讓那些醉了的什麼
在我之上落下大雨。擺正了頭行注目禮——
害病的相思林落無一葉，S，我就要離開這裡

許久未見來信，政戰士繼續帶來旁人的好消息：
我們其實並非彼此的弟兄，群居生活在此
鹽洗情緒，操練影子的隊形也都只是

剛好而已。屆退的學長利用夜教時間撰寫自己

第一份履歷：越過哨口，搜索草叢

滾下傾斜的山坡……

S，我們必須這樣繼續，原地踏步前往秋天

更多的落葉又將回到風裡，速決，忍耐，勇敢

以愛情一樣的楷體字命令我恢復上一動，再上一動

目盲的病情甚或愛的死訊——

最後一次點放，第一次懇親

折整內務被褥等待陽光穿窗而入，代替妳

或者我，簽署終將生效的退伍令……

國家圖書館出版品預行編目資料

慢情書／林達陽 著. --初版. --臺北市：
泰電電業，2010.6 面；　公分.-- (F：8)

ISBN　978-986-6535-62-8（平裝）

855　　　　　　　　99005572

F 008

慢情書

作者／林達陽

總編輯／呂靜如

系列主編／陳秀娟

責任編輯／林達陽

行銷企劃／林鈴娜

版面構成／朱海絹、陳佩娟

封面設計／黃思維

出版／泰電電業股份有限公司

地址／臺北市中正區博愛路七十六號八樓

電話／(02)2381-1180　傳真／(02)2314-3621

劃撥帳號／1942-3543 泰電電業股份有限公司

網站／http://book.fullon.com.tw

總經銷／時報文化出版企業股份有限公司

電話／(02)2306-6842

地址／臺北縣中和市連城路一三四巷十六號

印刷／普林特斯資訊股份有限公司

二○一○年六月初版

定價／一九九元

ISBN／978-986-6535-62-8